为了人与书的相遇

沈从文

诗集

广西师范大学出版社

·桂林·

前 言

理想国的朋友约我编一本沈从文诗选，我以为这是一件很有价值的事，没多想，就答应了。到动手做起来，却觉出取舍之难，斟酌难定，以致一再拖稿，延期至今。

沈从文生前没有出版过诗集，二〇〇二年北岳文艺出版社印行《沈从文全集》，第十五卷为诗歌，广泛搜罗新诗和古体诗，第一次完整展示了他的诗歌创作，功莫大焉。我原来想，从全集诗歌卷挑选篇目，应该比较容易吧。

选来选去，拟定篇目，推翻重来，再推翻，再拟定，反复多次，终不满意。我几乎要打退堂鼓了。

后来豁然开朗，定下新的工作原则：

一、新诗，全收，求全；

二、古体诗，精选，求精。

三十多年来，从沈从文的作品重新“出土”开始，图书市场上的各种选本数量多，类型杂，却没有一本诗作。这当然与沈从文不以诗名有关——这句话未尝不可以换个说法，与对沈从文诗创作的认识不足，甚至没有认识，有关。那么，何不就把新诗全收了？况且，即使对一本书来说，全部新诗的篇幅，也不会太大。在这个意义上，我把“诗选”的计划，变为“诗集”。

沈从文从二十世纪二十年代中期开始写作之初，即尝试多种文类，诗为重要一体。他的第一本书《鸭子》，戏剧、小说、散文、诗，各体杂陈。一九三一年陈梦家编《新月诗选》，选沈从文七首。同时，沈从文极为关注新诗的状况和发展，做新诗批评，尤其是到大学教书后，把新诗研究带进课堂，并且由他的新诗讲义，脱胎出系列的新诗论。三十年代他主编《大公报·文艺》，即注重扶持新诗的探索和实践；四十年代后期主编《益世报·文学周刊》，对现代诗的推动，格外用力，为开一代新风，实有贡献。一九四九年，深陷危机的沈从文，以三首长诗，来描述从精神崩溃中艰难恢复的深切经验，是为最后的新诗创作。

简单地说，沈从文与新诗的关系，是创作者，也是批评家，还是助推的编辑。其中每一个方面，都有值得探讨的空间；这些方面综合起来，成为新诗史上一个丰富的存在，即便是沈从文自己小说和散文创作的卓越成就和长远盛名，也不该遮蔽这个丰富的存在，以及对这个丰富的存在的好奇、兴趣乃至研究。更何况，一个人写作，各体并行，文类之间绝非森然壁垒，其间的关系也大可探寻。

六十年代和七十年代，沈从文写作古体诗，杂咏抒怀，留下特殊时期的心灵信息和思想痕迹。

这本诗集既然以全集诗歌卷为"底本"，自然应该列出原书编者：全集在编辑委员之外，各卷有特约编辑，诗歌卷是王继志、吴蕴东。同时，对这本诗集与全集诗歌卷的不同，做以下说明：

一、全集以"新编集"为单元和次序，本书照搬，只是加标"第 × 辑"字样；

二、第一辑，全集原集名《筸人谣曲》，含有沈从文搜集、整理并加以说明阐释的《筸人谣曲》和《筸人谣曲选》两篇，本书删去此两篇，辑名改为《镇筸的歌》；

三、第二辑，全集原收《莲花》，因见解志熙文章指误，故查核原刊报纸版面，看到发表时并未以诗行形式排印，本书删去此篇；

四、增补全集未收的两首诗，《文字》和《一种境界》。这两首集外诗是裴春芳发现的。本书编入第二辑。

五、古体诗，全集编为多集，本书因选收数量少，只编一辑，拟题《古体杂咏》。

张新颖

二〇一八年五月四日　复旦大学

目录

第一辑　镇箄的歌

第二辑　忧郁的欣赏

第三辑 絮絮

第四辑 浮雕

第五辑 乐章

第六辑 古体杂咏

第一辑　镇箪的歌

乡间的夏

(镇筸[1]土话)

嗯，嗯，真是！

　北京的夏天热得难过，

　　有些地方的夏天蚊子又多。

我心里想：

　只有我乡里那种夏天，

　躲伢仔[2]整天把身子泡到河中间。

是吗！躲伢仔到水中去

　摸鱼，筑坝，浇水，打哈哈。

看热闹的狗崽它倒“温文尔雅”

　在那刺栎树下摇尾巴。

清闲无事的要算那些桑树园里小鸡公，

1　编者注：镇筸，指作者家乡湖南凤凰。

2　躲伢仔，即小孩。

怪讨嫌——怪可恶，

它们正因其“游手好闲”在那里相骂相哄。

好多家家伙伙都在热烘烘的太阳下睡了，

——活落！活落！——

莫打眼闭[1]的怕单单剩那条躲躲儿小河！咦，

我真忘晕了！

我错，我错，

河岸傍边竖矗矗站起的那个水车

不是“咿呀——咿噫呀”正在那里唱歌？！

您妈，[2]天气又不好热！

天气是这样热，

一个二个都愿意来大树下歇歇：

歇憩的是些苗老庚，[3]

他们肩膊上扛了些柴米油盐——

1 即瞌睡。

2 同“妈的”一样，带骂人口气，但自言自语也加上。

3 叫苗民为老庚，意即不歧视，以他为庚兄的样子。

扛了些青菜萝卜赶进城。

那个晓得他们为的什么事?
或者是热气攻心,
或者是赶路要紧:
　老庚们一个二个,
　脑壳上太阳边汗水珠像黄豆子大颗大颗。

大家揩脑壳上的汗,
大家吃荷包里的烟,
大家到水井旁去喝两瓜瓢凉水,
事情不忙的
　也狠可以随便倒到岩条子上去睡。

树子下有的是粑粑同甜酒,
　(拿甜酒来淘凉水那又不对路!)
卖甜酒的口比缸子里甜酒还更甜,
　但萧太爷的筵席

（吃得也好，吃不得也好）
吃完后他同你说“赊账免言”——
任是他亲舅子也要现过现。

（倘若是）一个生得乖生乖生了的
代帕，阿妍[1]过道，
你也我也就油皮滑脸的起来捋毛。[2]
轻轻地唱个山歌给她听，
（歌儿不轻也不行！）
——大姐走路笑笑底，
　　一对奶子俏俏底；
　　我想用手摸一摸，
　　心里总是跳跳底。[3]——
只看到那个代帕脸红怕丑，
只看到那个代帕匆脚忙手。

1　代帕为苗姑娘，阿妍为苗妇人。
2　捋毛，即开玩笑。
3　这是一首极好听的山歌。

最有精神（像吃了四两高丽参）的
　只有几只鸡鸭屎，[1]
　一天到夜坐到那树头上
　高喉咙大嗓子吟诗。
饭蚊子最不中用；
　饭蚊子但会指脚抓手：
　它在那些打鼾的老庚脸上，
　讨厌死人却打也打不走。

看到太阳落了坡，
看到牵牛的代狗走过河。
看到茅屋顶上白烟起，
　这时的蚱蜢，蟋蟀，——绿蛤蟆，
　一起（眼屎懵懂）唱歌。

1　鸡鸭屎，即蝉，以音相近。

六月不吃观音斋，

打个火把就可跑到河边去照螃蟹：

“耶哧耶哧——拏拏唉！

今天螃蟹才叫多，

怎么忘记拿箩箩？”

六月二十日于北京窄而霉小斋。

话后之话

我所见到的散文诗，左看右看总分不出它是短的散文还是诗来，所以甚至于连别人但提到散文诗时我脑壳就掉了转去，不参末议。至于最新的什么白话诗呢，那中间似乎又必须要加上“云雀，夜莺，安琪儿，接吻，搂抱”才行。我耳朵没有其他少年诗人那么大福气，除了麻雀同蝈蝈儿外，委实没听过什么夜莺。眼睛又患近视，见不到什么仙人。接吻则并看也不曾看过，吻是甜还是酸的我也在怀疑。至于搂抱，那不消说梦也不曾梦过了！

没有会做诗而又做出写出与诗约略相似（一律用中国字，一样的用了点韵）的东西来，无以名之，乃谓之为“土话”。

镇筸土话者，即苗民杂处几同化外之湘边镇筸地方土话也。为保存趣味的缘故，本想不加什么注解；但为使这趣味普遍的散到读者心中去，又不由我不下一点小注解了。

我的文学解释，是：用笔写出来的比较上新鲜，俏皮，真实的话而已。若因袭而又因袭，文字的生命一天薄弱一天，又那能找出一点起色？因此，我想来做一种新尝试。若是这尝试还有一条小道可走，大家都来开拓一下，也许寂寞无味的文坛要热闹一点呢。

本篇发表于1925年7月12日《京报·国语周刊》第5期，署名沈从文。未说明的注释均为作者原注。

编者所注文字中涉及时间、数量者，皆用阿拉伯数字，与正文及作者原注有所分别。诗句的标点符号、行款格式等，则一仍其旧。

镇筸的歌

发了气的老奶，

　口上骂“悖时底，悖时底，悖时底，……”

老奶你莫骂；

　告你莫骂就莫骂！

　“悖时莫悖我，老奶嫁送我！”

老奶是年青人，

　不做声就走了。

　——卖油菜的苗姑娘——

昨天嫂嫂说有病，

嫂嫂房里不准人进：

你说是个什么八宝精？

原来嫂嫂得了一个躲孥孥呦！

妈，妈，这个孥孥你说昨夜涨水网来的，

我们那面罾不是通了个眼眼还不补好吗?

——侄儿——

看见吹唢呐的苗子,

嘴巴胀匡匡底。

看见吹牛角的光兴,

口宽宽底。

杨三那一张嘴巴,

只好掐一根四季葱来吹。

“杨三打哈欠;吃暗亏,”——

那末躲的嘴巴,

怎么不吃暗亏?

——杨三的嘴巴——

天上落了些毛毛雨,

地上走来滑齑齑。

孥孥嗳!

你听我讲:

三不知到街上滑倒时，

你这衣服是新底；

切莫做饿狗抢屎！

——雨后——

矮子杨老五，

麻絮[1]死了天天吃豆腐；

怎么天天吃豆腐？

豆腐说是能清补。

——豆腐——

圈子里两只鸡公嘴巴乱天啄，

圈子外看的人打哈哈。

只有天宝独不笑，

为的是杨合元票子别人不要。

“还有三吊，还有三吊！”

1　作者原注：麻絮，意同“吝啬”；在别处自然训作“烦琐”。

谁知今早上是碰到什么鬼？
喊了半天也无人理！

——斗鸡场上——

老韩辣子颜色都莫红；——
　别人的辣子红东东。
咦噫！你这老弟专门嚼精，
添你点不是不行！——“老韩卖辣子
屙屎见功夫。”

——老韩的辣子——

十四年七月，于北京。

本篇发表于1925年9月20日《京报·国语周刊》第15期，署名沈从文。

初恋

到阎王殿去抽陀螺，
这意思我不说妈同爹都不知道。
抽，抽，抽，抽，
陀螺在地上转成一团风了；
还是抽，抽，抽，抽。

我身子好像也慢慢转起来，
我身子好像也慢慢转起来；——
　似乎也变成一个陀螺了！
因为庙里那个年青青底尼姑，
一对亮晃晃底眼睛，
同我手中这条小鞭子一样。

“师父嗳，师父嗳，

你莫要抽了吧！
你再抽我，我回家去就会大哭！”
师父莫有听我的话，
我脸庞儿绯红偷悄悄跑回家，
师父的鞭子我实在怕！

我梦里常常变成一个缽陀螺，
　是敷有金赤美丽颜色的精致陀螺，
在年青的师父鞭子下最活泼的旋转，
在年青的师父手上卧着歇憩：
师父底梦我不知，
但是，我一到阎王殿，
师父的鞭子就在我身上抽来抽去。

一个夏天的时光都消磨到阎王殿那片三合土
　　的坪上了，
别人说我爱抽陀螺成了癖。
这意思我不说爹妈都不知道：

我是跑去到那里让年青的师父用鞭子抽我底。

十四年七月，于北京。

本篇发表于 1925 年 9 月 20 日《京报·国语周刊》第 15 期，署名沈从文。

还愿

拟楚辞之一

锣鼓喧阗[1]苗子老庚酬傩神[2]，
代帕阿妍花衣花裙正年青：
舞若凌风一对奶子微微翘，
唱罢苗歌背人独自微微笑。

傩公傩母[3]座前唢呐呜呜哭，
在座百人举箸一吃两肥猪[4]。

---

1 喧阗，声音大而杂，形容热闹拥挤。

2 酬傩神，一种又名“还傩愿”的祭祀活动。

3 傩公傩母，又称圣公圣母，也就是前面所说的傩神。

4 吃两肥猪，“吃猪”和“吃牛”系苗乡以往祈禳鬼神、除病求子的两大祭祀活动。“吃猪”又称椎猪，“吃牛”又称椎牛。

师傅白头红衣绿帽刺公牛，

大缸小缸舀来舀去包谷酒。

三月二十八日

本篇发表于1926年5月6日《晨报副刊·诗镌》第6号，署名小兵。

春

男——

你这天上工匠打就的青年女人，
你端端正正呆在我面前是一桩功果，
我将你正面的瞧，侧面的看，——
看清了你脸上身上雕凿的痕迹。

夕阳的柔明颜色是配你眼睛的材料，
你的发和眉都是峒神用黑夜所搓成的。
你像羊样想要瞒了你的牧人躲到别处时，
你把脚迹混在别的人里我也仍然分辨得清楚。

田坝上三月间草地莓那样新鲜，
在你面前人的嗜好却变了。
从初出水面那苇子里剥出的笥肉，

比起你来简直老得同木头一样。

女——

这不是你可以唱歌的地方远方的人哪。

乡长的女儿是不能受人欺侮的。

我的长工可以把你吊起来打你的背，

使你得一些在生地方缄口的教训。

男——

我分不清这是一只云雀在叫还是别的声音？

使我的血感受春天的气息是你的言语。

我把我所有的妒嫉全扔给你的羊群，

它们却请得到这样好保姆一个。

你的装饰只适宜于用早上的露珠，

因为这是神给予玫瑰的私产。

有了年纪的上帝有些地方真有些私心，

他给你就比玫瑰多了些爱情和聪明。

你同羊同鸽子分担了人类的和平，
神又赋你一个独有的奶油抟成的身躯，
年青的人，把你那害羞的腼腆收藏吧，
让远方人好完成他最高的崇敬！

女——

乌鸦要找它可以休息的树林，
得先看林里是不是可以停翅？
这里规矩是为远方人特备有荆条和绳索，
用来酬答那不知检点的外乡蠢人。

男——

我知道玫瑰花旁少不了那些刺。
我不是那种怕伤手背的懦怯汉子。
我要得的是你女神第一次的爱情，

用生命同爱来赌博是一桩值得的慷慨。

一只黄莺装做虎叫是吓不了我，
你那喉咙我看最好是去赞美春天！
远方人感情沉溺在你的声音里，
正如同为春风为醇酒所醉的一个样！

神把你今天安置在大路边旁，
就怀了些不安分的害人心思：
它使一个远方人提起了久忘了的饥渴，
又使他在未来路上还负了些温柔累赘！

女——

走路的千千万万人岂止你一个？
我愿自在大路上放羊也不是今天！
我又不嗾我公羊拦了你的路，
你怎么坐下来唱了又唱还不走？

男——

你唱歌的天才必定是同画眉一个师傅的。

百合花颤抖时正像你发怒的身材。

你的家私因了你的节俭真是太丰富，

看你嗔骂也居然迸出许多爱情了！

你纵把你镰刀当真举起也会又放下，

镰刀用处原是割除脚边的茨菓。

若是你认真当我是讨厌的蒺藜，

把你那爱情的火燃起就有了。

天生的柔软臂膀原是用它来搂人，

嘴唇若不是为接吻也不必红了。

你看那坡下头褥子样的青草坪，

因为无人才让你羊群去打滚！

女——

挑水洗菜也用得着我的臂膀，
吃饭说话才是要嘴唇去做事！
毛毛针比人的臂膀总还要软，
映山红花满坡满林同它去亲嘴？

男——

雀儿，我不是个白脸长身的诗人，
怎么能同你一只山麻雀辩论争持？
我看出在你面前同在神面前一样，
你能送我一桩赏号于你又无损。

公山羊母山羊都明白要用何种仪式去答谢春天，
这仪式我们也可以在草地上来采用。
打雷落雨是上帝派来警醒草木的口号，
春风只是特来吹一些温暖爱情到人的心当中。

你看你母山羊是怎样爱她的小羊崽，

小羊崽叫喊时使母山羊快要发了疯：

母样的爱在你心里也是日益儿滋长，

我们自己的“小羊”还应由我们精细来创造！

女——

你这野话我是真真不愿再听了，

我将要到溪水边洗半个月的耳。

我疑心你是有那“雷打火烧”一样的顽皮，

你远方来的茨球怎么却不为本乡女人带了去？

男——

我请求这一春的阳雀替我来表示诚心，

我请求你许我有机会去你门前踏破那双铁草鞋。

爱情的呼吁决不会在少女心中变成汗浊，

人们从不打量去掩耳避开蝈蝈的叫喊。

山坡上同一时候原开了千种万种花，
火灶里同一时候原烤了千种万种粑；
用牛肉切成细细丝炒了韭菜吃，
这当看各种味道有各人的爱！

我到你家去为你照料那不驯的公牛。
打麦割禾一个长工的事情我件件都会作。
用鸡罩捕鱼是我家传的职业。
酿酒的工作我能够包使你爸爸满意。

你可以从油榨旁边证明我强健。
耕田时你的大水牯我总决不会叫他累坏。
你们不用再害怕偷包谷的野猪娘。
到冬天时你爸爸会能得狼皮作褥子。

在你脸上我能猜想你爹比你还和平。
我将替你把羊群赶到栏里去。

你们楼上头就可以够我睡下来。

干稻草做垫褥是我乡下人惯用的东西。

女——

你这远方人是一个骗子，我知道。

你的话上涂了蜜，话的内面包有黄连作馅。

一个会说话的人爱情原只在口上，

心中有爱情积蓄的人口却像哑子：

流水会唱歌它却一去不回头，

紫金藤搂抱着松树那里说过话？

我断你这里少年是在溪边长大的，

唱完一首歌你就要走了，这是从水学的乖。

男——

请你剥我的皮，剜我的心，……

（抱）让这紫金藤永远缠在你身上吧。

我知道“燕子唧泥口要紧，”
我能学“鹭鸶夹鱼过大江。”

我是在摇动一株含羞草的身躯？
我是在坐乌油篷船顺水下驶七里滩？
喔，好人，请你同卧青草坪坝上，
你瞧天上绵羊莫有人看也不会走去！

女——
“你莫学坡上高粱红了眼！
你莫学园里花椒黑了心！
你要学大山竹子朝上长！
我们是千条蜡烛一条芯！”

“白果好吃白果浓，
和你结伴莫露风！
九头鸟会叫被人打，

窝落鸡（蜘蛛）有丝在肚中！”

男——

你眉毛弯弯我就知道你会唱歌，

你让我拜你做个歌师傅：

“枫子到时终须离枫枝，

它将逐白云缓缓过山去！”

女——

“大田大坝栽葡萄，

葡萄长成万丈高，

只要情哥心有意，

那怕十天走一遭！”

男——

你试到溪边去照你自己的影，

谁为你在脸上开了两朵“映山红”花？

你头发长得这样长这样柔，
缚了我的心我想脱也不能去！

女——

“头发乱了实难梳，
冤家结了实难丢，
（哭）……
…………”

完于六月十日

本篇发表于1927年6月29、30日《晨报副刊》第1986—1987号，署名甲辰。

黄昏

我不问乌巢河有多少长，
我不问萤火虫有多少光：
你要去你莫骑流星去，
你有热你永远是太阳。

你莫问我将向那儿飞，
天上的岩鹰鸦雀都各有巢归。
既是太阳到时候也应回山后，
你只问月亮“明后里你来不来？”

此篇发表于 1932 年 4 月 30 日《文艺月刊》3 卷 4 号，署名芸芸。后又写入小说《日与夜》(《凤子》的第九章，载 1932 年 6 月 30 日《文艺月刊》第 3 卷第 5—6 期）中，个别用词略作改动。

根据作者在《日与夜》中的解释，这首诗乃是苗族男女在黄昏中“分手时节对唱的歌”，有时也从那些跟了“神巫”各处跑的仆人口中唱出。

伐檀章今译

(用湘西镇筸土音试译)

托托托托砍得檀，
放到大河河坝前，——
　河水清清水泡圆。
灰不秄，种不撒，
哪那捡得这禾线三百把？
山不赶，围不下，
为什么看你家屋上狐狸挂？
你们是老爷，
吃斋可不来！

托托托托砍到桠，
放到大河河坝下，——
　河水清清水花大。
秧不插，田不耕，

哪那捡得这禾线三百根？
山不赶，围不下，
为什么看你家屋上牛崽挂？
你们是老总，
吃斋可不懂！

托托托托砍得根，
放到大河河坝坪，——
　河水清清水波长。
锄不拿，犁不摸，
哪那捡得这禾线三百棵？
山不赶，围不下，
为什么看你家屋上鹌鹑挂？
你们是老罐，
吃斋可不愿！

本篇发表于 1934 年 7 月 1 日《文艺风景》第 1 卷第 2 期，署名沈从文。

第二辑　忧郁的欣赏

春月

虽不如秋来皎洁，
　但蒙眬憧憬：
又另有一种
　凄凉意味。

有软软东风，
　飘裙拂鬓；
　　春寒似犹堪怯！

何处浏亮笛声，
　若诉烦冤，
　　跑来庭院？

嗅着淡淡荼蘼，

人如在

黯淡烟霭里。

本篇发表于1925年5月9日《晨报副刊》第103号，署名休芸芸。后收入1926年11月上海北新书局初版的《鸭子》集中。

失路的小羔羊

妈，你的话是哄我的！
在我小小的时候，
梦里见到翠柳丫头做鬼脸吓我，
　大哭了醒来，
你却说“这不用怕，明是翠柳那顽皮东西装的”；
我信了你的话到如今。
但是，妈呵！
你孩子也这样大了，
究竟人的真脸是怎么样子呢？
我还没有看见！
到处人人装鬼脸吓我，
　却同当年的翠柳一样：
妈，你的话是哄我的吧？

本篇发表于1925年5月14日《晨报副刊》第107号，署名休芸芸。

痕迹

白丁香
紫丁香
　总枯谢了。
偷偷的来此悄悄儿啜泣，
　便成昨日的事！

朝来澹雨轻雷后，
　独向荼蘼前低头小立，
前日的脚底踪迹，
　　　泪底湿渍，
不知在何时早就泯灭，
　莫有寻处。

没有尽的一汪清泪，

又独自个背人来到这假山边，

让它点点滴滴，

落到身前这一片小小石块上——

湿了！

默默底斜阳照着，

软软底微风吹着：

石块上点点滴滴的泪渍，

又渐渐地

渐渐地干了。

石上的淡淡悲哀痕迹泯灭了！

石上的淡淡悲哀痕迹泯灭了！

人还是痴痴地立着，

在斜阳金碧

依约微风里。

这被人遗弃的薄薄礼物；

这被人璧回的薄薄礼物，
　也只合，
　　斜阳微风中，
　　渐渐的渐渐的泯灭去哟！

石上的淡淡悲哀痕迹泯灭了，
石上的淡淡悲哀痕迹泯灭了。
　我底可怜的小心啊！
遗下的这一层淡淡儿悲哀痕迹，
　在斜阳微风中，
您也让它渐次的
　渐次的泯灭了吧！

五月十七于民大花园之小山前

送上的东西，又想在记者先生手下从宽的当儿溜上贵刊了。在收到这一类稿件时，若不很使记者先生失望烂脸，倒奇怪得有趣！字的不妥处，能随笔改个把，也是桩功德事。

并祝高兴

芸上

本篇发表于1925年6月13日《京报·文学周刊》第24号，署名休芸芸。

到坟墓的路

——艺术

无耻的荡妇，

臀部圆弧的波动，

把诗人眼睛吸住了，

于是，

诗人就梦呓似的唱起歌来。

——文人

诅咒，诅咒，诅咒，

颓丧的悲观诗人于是成立了。

把诅咒揎过去于一切死的物上时，

掷回来的便是些未来派诗人的崇敬。

——志士

志士的血，

为一些假装的呻吟便热了，

为一些假装的喊叫便热了，

流吧！

赶快尽量的流吧！

然而这是无须乎流的事！

大家都不过是假装。

——名士

若是把蝈蝈儿放到白灵鸟群中去，

蝈蝈儿声音便不会逗人感到焦枯单调的烦厌了。

小东西不久自己也会忘其为咯咯咯咯，

我说是倘若为时稍久的话。

——女子

在重的鞭子抽笞下，

你看，一个二个无数个姣丽的细致的脸孔都

　起了反应了！
得意的微笑呵，
失宠的哭啼呵，
羞的红晕呵，
怒的红晕呵，
鞭子任意抽动着，
谁都用不着怜悯；
谁也用不着骄矜。

——恋爱

把恋爱像放风筝一样：
随便的拿来，
又随便的让风吹去了！
到自己没有放的时，
便昂头去看那些正在天空里飘荡着的金色
　　蝴蝶风筝。

——生命

生命像一根蘸有盐巴的细绳子，

虽曾焚烧过了，

就是说焚烧是过去的事了，

还是牵连着那一端。

——面目

镜子能照出自己真实的面貌，

我爱照镜子，许多人都爱照镜子。

还是让那镜面时常蒙蒙昏昏好一点！

今日的脸同昨日的脸又不同了。

——胜利

从自己想象中幻出一幅敌人“弃甲曳兵”

　　图，于是志士们队伍里凯旋之歌声起了；

于是志士们便返身了。

幸好谁都不再回过头去接受由敌人方面掷过

　　来的讥笑，

终于让那些讥笑在空中消灭。

——朋友

脚步有狗腿的快捷时，

便有狗来引你做它的朋友。

同志呵，你真像狗！

倘若是你愿意这么称呼的话。

——愿望

若是你爱的是淡泊愤怒，

便赶紧弃了鲜赤的血

而取那晶莹的泪。

可惜爱淡泊的人太多了，

虽然还是愤怒！

听哪，什么地方

又有血的呼声了！

但这却是那些并泪面但无得闲人们的呐喊。

我什么也不要——

我要一切毁灭，

我要空虚，

我要死。

十四年七月十八日

本篇发表于1925年7月22日《晨报副刊》第1230号，署名沈从文。

到坟墓去

歌咏玫瑰的爱美诗人下了场，
于是血的诗人就在台上呼喊了。
为了女会员马车的马蹄蹴踏的快，
会堂上先站着的几位少年诗人，
便把那正预备唱血雨的歌的嘴去吻
　　那黑色发光的窄窄鞋尖。
眼睛里还见不到一滴以上红东西，
耳朵边却流过许多血字了。
虽然天安门前毕竟也飞了一回指头！
指头已飞去了，
指头当真已飞去了！
你要找它的去处吧？
请你看看那人在群众喝彩声里的眼睛。
无事还是也随到去那人阵子里挤挤呵！

在群众一致对外的口号里，
你还可以听到同志们为争先后的吵骂。
到坟墓的道路还多着，
蛆虫的本色呢，
便只骚动。

十四年七月去京时

本篇发表于1925年7月23日《晨报副刊》第1231号，署名沈从文。

长河小桥

宁河[1]道上所见

在一夜的散碎雨声里，
黄泥水把小小河床装得满满的了。
两岸碧翠的芦苇是接连着接连着。
说是那小的白帆呢，
都浮到蜿蜒于绿野平原中的河流上面
轻轻的若无其事的滑去。

沟洫里的细流，
涓涓汩汩地高兴跑着。
小到同鸡毛帚子相似的稚柳；
排对子并列着摇动它们的头。
怎么没有一只鸟来唱歌呢？

1 宁河，原属河北省，今属天津市辖区。

想是都睡着了。

青绢包头的蓝衣妇人，
把簸簸内的粱米散给那些围在她
　　身边的小鸡做午餐时，
伊是坐在一株槐树下的石礴碌上的。

擦身而过的骡车，
灵隆隆隆的响在背后去了！
纱帘下映着的少女底粉脸，
是谁家培植的花木呢？
同雨后的五月天气一样新鲜。

大端阳于宁河县传达处门边

本篇发表于1925年7月31日《晨报副刊》第1236号，署名沈从文。

余烬

一

一自用火烘出来的那些诗人如像唐火般倏而消灭
　　后，
虽然乌鸦与麻雀还是到处飞着，
世界终于清静许多了。

二

从西河沿杨柳下踱回时，
我只是想到把生命怎样去挂到那些像女人裙子
　　飘动着的柳树上面。

三

朋友把些热情嵌进我心中时，
我便觉到这生是有意义的，

然而，那些妖精似的女人呢，

她会嵌进你心里也会剜出来。

四

一群游手好闲的平常人，

在人生的岐路上徘徊着徘徊着不知所措：

最后把艺术攫到手了，

毕竟都不是傻子呵！

五

小孩的哭能使人发笑，

于是许多头发白了的老少年也时时在那爱哭的人

面前装着细声的哭。

六

狗摇着尾巴谄媚着主人。

人呢？

人不摇动他的尾巴去谄媚死去的世界给我们那尊

偶像，

人便如野狗般不为人打死也会饿死了。

七

在遗忘里，

几个同在某段人生道上碰到的朋友都若死去，都若无生。

谁个又当真生过呢，

除了他去用灵魂搂抱着当时的热情。

八

傻子从自己思想里找一切，

聪明人从别人的思想里找一切。

九

北京的六月的雨呵，

虽然大也坏不了许多墙垣。

十

爱人：我喜欢你了！

混账：我骂你了！

该死的：我诅咒你了！

人的耳朵未免太信任口了。

十一

钓鱼的人，

钩子悬着他的饵也悬着他的心。

十二

大家祝福着分别开去，

各人又回过头去把诅咒抛到朋友头上。

其实大家都是路人；

祝福与诅咒都不能长带着跑！

七月二十四日　北京

本篇发表于1925年8月15日《晨报副刊·文学旬刊》第78号，署名沈从文。

遥夜

九

雨休息了，谢谢它，

今夜不再搅碎我的幽梦。

我需要一只像昨夜那么闪着青光的萤虫进来，

好让它满房乱飞，

把柔软的青色光炬，

照到顶棚，照到墙上。

在寂寞里，

它能给人带进来的安慰，

比它翅子还大，比它尾部的光炬还多。

它自己想是不知道什么寂寞的吧，

静夜里，幽灵似的，

每每还独自在我们的廊檐下徘徊！

能得着小孩子的爱，
能得着大人们的怜，
能得着怀有秋意的感伤者同情，
它是有福了。

怎么这样值得爱怜的小东西还须受人幽囚呢？
想起市场货摊上那些小小铁丝笼，
使我为它命运而悲伤。
原来，从憎恶里，
你可以取到自由：
人若爱你，他就愿意你进他造就的囚笼里去！

本篇发表于1925年8月21日《晨报副刊》第1254号，署名休芸芸。

其人其夜

闷闷闷，

困困困——

　为伊憔悴为伊病；

见见见，

恋恋恋——

　回眸波流魂已颤；

浅浅浅，

弯弯弯——

　眉是春山是远山；

醉醉醉，

迷迷迷——

　春莺语时故低低；

悄悄悄，

沉沉沉——

　如此良夜如此人；

曙曙曙，

去去去——

　“游丝不解留春住”；

疑疑疑，

息息息——

　剩有浸窗碧月碧；

拥拥拥，

空空空——

残香余腻成梦中。

八月 于窄而霉斋

本篇发表于1925年8月22日《京报·文学周刊》第32号，署名沈从文。

旧约集句

引经据典谈时事

他们度日，诸事亨通——

他的奶桶充满，他的骨髓滋润；

小孩子出去多如羊群。

（一解总长）

“他救我脱离我的劲敌，把我从大水中拉上来。

“我追赶我的仇敌，打伤了她们，使她们不能起来。

“你救我脱离仇敌，又把我举起：

“因此我要在外邦中称谢你”。

（二解校长）

智慧人，可以用虚空的知识回答：

是因他的脸蒙上脂油，腰积成肥肉。

（三解教授）

所降的旨意传遍通国——

发诏书，通知各省；

使为丈夫的在家作主。

（四解部令）

凡受苦的人，都必加手在他身上——

要将忿怒像雨落在他身上。

（五解学生们的仇人）

此篇发表于1925年9月12日《晨报副刊》第1270号，署名沈从文。

希望

我底希望也很平常，

我们俩同时沉没于海中：

但愿大洋里落日消沉时我们也同样灭亡，

那时节晚霞烧红了海水与天空。

我耳朵不用再听，

我眼睛不用再视——

虽然搂不着你灵魂，

你身躯毕竟还在我手里。

我不因失你而悲哭，

我不因得你而矜骄：

我腕臂搂箍中的你若欲他出，

除非是海水将我骨头蚀销。

九月二十三　西山

本篇发表于1925年9月27日《晨报副刊》第1281号，署名休芸芸。

叛兵

该死的一共是四十二个，

各人为细麻绳束紧了背膊；

这是卫队连第二排全部士兵，

欲叛去——未叛之先成了禽。

座上的法官依然是旧日的法官，

大的黑镜片遮掩住了双眼——

“往日决人是你们各弟兄护围；

不期望今日又轮到了你们自己！”

听完了罪状的少年人各都无说，

军法所悖已难在人间世再活。

只齐求“法官为以往的情谊眷念：

莫开腹腔，置殓时各得一副薄板。”

灰色的送葬行列向坟墓间前趋，
只喇叭沿途“哒啦哒啦”却无人语。
各人在坟坑边游移徘徊，
各人在嚼咀着那人间悲哀。

黄土坡行刑场瞬间到了，
少年人将于此永远睡觉！
灰色行列中骤起了悲壮歌声，
狂雨般扑面的是群众和鸣。

“大脚色[1]打屁股犹如病后刮痧！”（唱）
“脚色人上站笼是犹如园里观花！”（和）
“肏他娘老子们砍去头颅不过一块疤！”（唱）
“脚色人，砍去了头颅不过一块大痕疤！”（和）

1　脚色，人物。含褒义。脚色人，即有种的人，不怕死的人。

群中最小的一个少年独垂泪低哭，
三日前他始为一个女人的情夫：
木栅栏处用笑靥迎人的是前日的事；
木栅栏处用泪眼送人的是今日的死。

尖锐的凄厉哨声忽起，
少年人脸苍白眼惟深闭。
秋风击落叶如闻大地微叹，
天空中正低低飞着白云一片。

刺刀的刲戳下跌进了死亡深谷，
观众中惟听着微弱嗟吁：
这之间快意了伊们往日的仇人，
这之间伤心了伊们新识的情人。

弟兄们的血，染上了各刽手的刺刀，
喇叭新奏着凯旋曲归营了！
天空中那一片白云还低低飞着，

林薄间有病叶感秋零落。

兵中回忆之三

十一月　北京

本篇发表于1925年12月19日《晨报副刊》第1412号，署名沈从文。

“狒狒”的悲哀

狒狒也正有他狒狒的悲哀，
望着那起棱的腱子肉发呆：
他叹息两膊的气力无使处，
蚯蚓般壮实的筋在皮里爬伏！

“这样一对健壮的美丽的臂膊，
少必然也应当得到一个着落！
怎不拿来搂箍着个少女腰身？
或者是，到人丛中去拥挤一阵！”

他常常摹拟成一个大大剧场，
那些人正像是罾罾里鱼一样：
弱稚的被挤得要出不过气来，
大大小小的鱼几乎是腮贴了腮。

吃完炸酱面的他也到了场中，
头回过来就望到许多白皙脸孔。
“呀！是这样欺侮女人那还了得？”
冲进去露出了他英雄本色。

又揣想：“世界若换了一个朝代，
斯巴达式的英武会为女人所爱！”
从此身边当佩着把锋快的短刀，
姣艳的女人都对到[1]自己微笑。

为那个女人的荣誉去同人决斗，
一刀去就削掉了那家伙半个头，
自己的胸脯也应略略受了点伤，
用丝绸巾来包裹的就是那女郎。

1　对到，对着。

虽，抚着臂膊已做了些白日的梦，
狒狒仍还有狒狒的无端悲恸！
蚯蚓的筋徒然在一对膊上盘屈，
他伤心辜负了这两膊气力。

“何处去搂箍着个少女腰身？
或者是，到人丛中去拥挤一阵！”
可惜那一对健壮的美丽臂膊，
到如今还得不到一个着落！

十二日

本篇发表于1926年2月6日《现代评论》第3卷第61期，署名从文。

我喜欢你

你的聪明像一只鹿，
你的别的许多德性又像一匹羊，
我愿意来同羊温存，
又担心鹿因此受了虚惊：
故在你面前只得学成如此沉默；
（几乎近于抑郁了的沉默！）
你怎么能知？

我贫乏到一切：
我不有[1]美丽的毛羽，
并那用言语来装饰他热情
　的本能亦无！

1　不有，没有。

脸上不会像别人能挂上点殷勤，
嘴角也不会怎样来常深着微笑，
眼睛又是那样笨——
　追不上你意思所在。

别人对我无意中念到你的名字，
我心就抖战，
　身就沁汗！
并不当到[1]别人，
只在那有星子的夜里，
我才敢低低的喊叫你底名字。

二月于北京

本篇发表于1926年3月10日《晨报副刊》第1451号，署名小兵。后分别收入1926年11月上海北新书局初版的《鸭子》集和1931年9月新月书店初版的《新月诗选》中。

1　当到，当着。

残冬

　　横巷的这头，

　　横巷的那头，

徒弟们的手指解了冻，

小铺子里飏出之面杖声已不像昨日般生涩了。

朋友们中有人讨论到袷衫料子，

大路上的行人，已不复肩缩如惊后之刺猪，

街头屋角，留着既污之余雪。

电线上挂了些小小无所归的风筝，

孩子的心又挂在风筝上面。

轻薄的杨柳，

做着新梦——

梦到又穿起一身淡黄裙裳，

　　嫁与东风！

比梦还渺茫无凭据的，

是别处飞来的消息！

我的心，西伯利亚荒寒之一角，

长出了，一对青青的小小的嫩叶。

十五年元日

本篇发表于1926年3月13日《晨报副刊》第1362号，署名小兵。后收入1926年11月上海北新书局初版的《鸭子》集中。

爱

自从我落地后能哭能喊之时，
把骄傲就一齐当给了你！
用谦卑的颜色在世上活着，
我不是为饼也不是为衣。

我跋涉过无数山河足生了胝，
大漠的风霜使我面目黧黑：
你呀，先要我向那些同类追随，
如今是又要我赶逐那些婴儿！

一切事一切事我都已疲倦了，
请退还我当给你那点骄傲：——
我将碰碎我的灵魂于浪女吻抱！
我将拍卖我的骄傲供我醉饱！

我将用诅咒代替了我的谦卑，

诅咒中世界一切皆成丑老！

我将披发赤足而狂歌，

放棹乎沅湘觅纫佩[1]之香草！

三月七日　西山

本篇发表于1926年3月18日《晨报副刊》第1365号，署名茹。

1　纫佩，语出屈原《离骚》“纫秋兰以为佩”。纫，连缀；佩，佩带在身上的饰物。比喻对别人所施的德泽铭记不忘。

悔

生着气样匆匆的走了，

这是我的过错吧。

旗杆上的旗帜，为风激动；

飏于天空，那是风的过错。

只请你原谅这风并不是有意！

春天来时，一切树木苏生，发芽。

你是我的春天。

春天能去后归来，

难道你就让我长此萎悴下去么？

倘若你能来时，

愿你也偷偷悄悄的来，

同春一样：莫给别人知道，

把我从懵腾中摇醒！

你赠给我的那预约若有凭，
就从梦里来也好吧。
在那时你会将平日的端重减了一半，
亲嘴上我能恣肆不拘。

三月于北京

本篇发表于1926年3月31日《晨报副刊》第1372号，署名茹。曾收入1931年9月新月书店初版的《新月诗选》。

无题

那洞主的女儿，我诅咒你，
赶快为你爸爸派来的人接去！
在静静的趟到了地窖以后，
你将了解为你此时所不知的一切。

把快意分给了妒嫉你的女伴，
把肉体喂了虫蛆；
只留下那个美艳的影子，
刻镂在你情人的心上。

你情人心上留下的影子，
比夕阳在天空画的彩霞更其明白。
他坚固的搂着你青春的灵魂，

至于永远都不放松。

那时凭了力量把你占有的人，
用了金银造就的索练又缚到许多女人了！
假装的热情，
已如萤火样只剩了淡淡微光。

你可以用你在生烧不完的火焰，
（就是那从骨里放散燃烧着碧火的磷，）
烛照你所能照的周围，
证明我的话非虚。

“时间是如庞大的水牛，
在地球上走着，踏碎一切的青春：”
惟有你，因了你情人的诗歌将年青到永世——
倘若是星子和月亮还悬挂到天上时，
你的美艳的影子也会悬挂在人心中。

湘边多洞，凡少女美而早夭的，多以为系洞神的女儿，被接回去了。

三月　北京

本篇发表于1926年4月3日《现代评论》第3卷第69期，署名从文。

梦

我梦到手足残缺是具尸骸，
不知是何人将我如此谋害！
人把我用粗麻绳子吊着项，
挂到株老桑树上摇摇荡荡。

仰面向天我脸是蓝灰颜色，
口鼻流白汁又流紫黑污血；
岩鹰啄我的背膊见了筋骨，
垂涎的野狗向我假装啼哭。

三月二十八日

本篇发表于1926年4月8日《晨报副刊·诗镌》第2号，署名小兵。曾收入1931年9月新月书店初版的《新月诗选》。

云曲

觑天上之白云，
身飘飞乎晴空：
此刹那之生存，
又倏然其无踪。
　得微雨以烘托，
　成美丽之长虹，
　或为轻烟雾蔽，
　卧于山麓林末。

绕峰峡而嬉戏，
于余固无乐也！
拥风雷而长征，
亦已成为昔梦！
　爱月而不遮月；

近山而不倚山：

遁穷谷与洞壑，

伤此身之弱小。

此篇发表于1926年4月14日《晨报副刊》第1378号，署名茹。

呈小莎

“黑暗为曙色逼退于墙隅，
如战败之残兵。”
在你身边，我心中阴影亦逃走无余！
凡赞美日头的，适以见其人话语的拙劣；
若是唱着雅歌来赞美你：
那你情人反太傻了。

你是一切生命的源，
光明跟随在你身边：
对你的人都将哑着，
用对神样虔敬——
负着十字架在你身后的人，
将默默的让十字架木头霉腐。

我不学晨露中对黑暗嘲弄之喜鹊!
我只能同葵花样，向光明永远致其
　感恩的恭敬：
溪泉在涧中随意的唱歌，
我托它代达我的微忱。

三月十三日　北京

本篇发表于1926年4月17日《晨报副刊》第1379号，署名茹。

月曲

诗人们的谄谀堆积，
掩了月的光辉。
请到那有流水的溪边去吧，
清的泉会为你洗涤！

往病人的床边
（赠他一分凄清的礼物。）
莫在那里留得太久，
否则他会向你唠叨——
当你是一个熟友！

于夜深还吹着竖箫的，
（那是些可怜的人；）
用咽泣样的声音对你低低诉说，

因为他无情人可贡媚悦。

三月中

本篇发表于1926年5月6日《晨报副刊·诗镌》第6号，署名茹。

X

妹子，你的一双眼睛能使人快乐，
我的心依恋在你身边，比羊在看羊的女人身边
　　还要老实。

白白的脸上流着汗水，我是走路倦了的人：
你是那有绿的枝叶的路槐，可以让我歇憩。

我如一张离了枝头日晒风吹的叶子；半死，
但是你嘴唇可以使它润泽，还有你颈脖同额。

五月十日　一个做梦的晚上

本篇发表于1926年5月19日《晨报副刊》第1392号，署名茹。

囚人

用灰色眸子睨视蓝的天空，
比诗人的幻想还更其深沉。
是蚂蚁缘阶排队徐行，
知时间又已深夏。

报时大钟，染遍了朋友之痛苦与哀愁，
使心战栗，如寒夜之荒鸡，
捉回既忘之梦。

白日在窗前嬉戏如一小儿。
怯怯弱弱将手置于窗棂，
接受日光，温暖成冰之心。
白日复不顾而他去了。

不必恣意从双瞳流不竭之泪，

不必忆念既已消失之幻影，

数长夜更夫柝声，嗅土窖湿霉气息，

让头发成雪心意成灰！

三月　西山

本篇发表于1926年5月22日《现代评论》第3卷第76期，署名沈从文。

寄柏弟

用白眼睨彼苍穹，数月边明烁星子，
我们同是俘虏，同是囚人。

桎梏永系心头，行动累赘。
为装饰世人慈悲，是我们活着的意义！

把眼泪拭尽，莫使睫边常是润湿！
待爱你的人，得在你心头轻轻走过，免为滑倒。

以拭泪之瘦手摸索！——前进，
　不用春天，不用光明；
到饥疲使你僵仆，让喉咙喑哑，
　不用怨诅，不用呻吟！

林间之微风会为你叹息，于你死后！

地载天覆，同情之群蛆或亦不汝弃！

五月廿五日　西山

本篇发表于1926年5月31日《晨报副刊》第1398号，署名茹。

薄暮

一块绸子，灰灰的天！
贴了小的“亮圆”；——
白纸样剪成的“亮圆！”
　　我们据了土堆，
　　头上草虫乱飞。

平林漠漠，前村模样！
烟雾平平浮漾；——
长帛样振荡的浮漾！
　　不见一盏小灯，
　　遥闻唤鸡声音。

注：“亮圆”，苗语月

六月在北京西山

本篇发表于1926年6月28日《晨报副刊》第1410号，署名茹。后收入1926年11月上海北新书局初版的《鸭子》集和1931年9月新月书店初版的《新月诗选》。

读梦苇的诗想起那个“爱”字

我虽是那么殷殷勤勤的来献，
你原来可以随随便便的去看：
只要你把他能放在心的一角，
横竖是好歹咱俩都还在活！

那一天到你心中凄凉的时候，
你再来试喝一口爱情的苦酒；
此时这东西固然值不得几文钱一斤，
或者那时节能够帮你找失去的青春！

十月　白壁楼

本篇发表于1926年10月29日《世界日报·文学》第2号，署名沈从文。

月光下

为追赶月光，听任田坎上跑，
这牛劲是那里来的？我都不知道！
听到田坝里的蛙声我全不吃惊，
听到村砦里的狗叫它不会咬人。

当我从水车下过去时头发给水都打湿，
这是那枧筒里水闹的玩平常我就被它欺：
因为眼睛向前刺猪就绊我一跤，
不要脸的老枭它躲在树林里笑！

磕膝头大大方方碰到一坨岩，
脚杆上自自由由汩汩流着血：
脸儿出汗还不休息我不是装痴！
月亮只在前头我要看个样子。

“呀慢点走慢点走有个人是在你身后！”
它不是耳聋便必定是塞了两粒豆。
哟天老爷呵赶来赶去要赶到何时？
不识羞的东西呀你那天还不亮就叫的鸡！

月儿穿上云的衣裳我便不动了，
大家歇歇你不跑时我也不跑：
我同蚱蜢愿自来静静的接禾上露水，
老头儿鹭鸶却一翅飞去真是见神见鬼！

鸡公叫得越来越多天上已成了鱼肚白，
赶了一夜豆子大儿的利益也不能得。
这才真是冤枉而且十足的傻，
天快亮了我还是不愿收兵回马！

远远的有在光明底下被杀的猪叫，
我休息在希望的阴影下敞着嘴笑，

怎么这地方能放肆的是一般麻雀？
怎么这地方却不闻两句儿山歌？

我收领我碎了的心情留在一把野菊上，
我放散我疲倦的回唱算作白杨树的账，
月儿原不合照我憔悴的庞儿来，
梦里去寻求它总还比磨盘更大！

九月在西山

本篇发表于1926年11月19日《世界日报·文学》第5号，署名沈从文。

秋

秋天来了，
有许多许多虫之类能振羽作声。
像某一时期的诗人一样，
像某一时期的政客一样，
又像春天的鸟；应时而鸣：
没有一个能够稍稍蓄一点力，
拿来对付那只有风吼的冬天！

秋天来了，
那可怜的小麻苍蝇尸骸
还裸卧在窗台边，
没有蚁来抬埋，
也没有蝇虎来收殓。
同样的在无人注意中

向战场上死去的，

他们纵没有人来抬埋，

总不会没有豺狼来收殓吧。

中元节夜

本篇发表于1927年8月26日《晨报副刊》第2043号，署名甲辰。

觑——瞟

我的眼捕获了一个罪人，
用一根丝拴系在我心边，
不用提讯也不必要招承，
那供词已经好好的写在你眼睛间！

唉，若眼儿是那长的柔软的手臂，
则我已为你搂定了多次！
我不欲挣扎与遁避，
这在我眼中也有了明白文字。

莫让星儿独擅其狡猾，
汝亦有此闪忽不定之聪明。
荷面上水珠不可捉拿，
你眼睛比那事物更活更灵！

有音乐魔力与柠檬汁鲜味，

只是那随意的有心的觑——瞟：

如刀子锋利与牛茨尖锐，

刚把颗茨拔出我又中了一刀。

九月于京——沙滩

本篇发表于1927年10月8日《晨报副刊》第2085号，署名甲辰。

想

乡下的雪前雪后

像撒盐，像撒面，
山坡全是戴了白帽子。

请你吃那当时的东西，——
　手笼灰中煨熟的干板栗！

雪中猎狐、猎兔、打野猪，
不能看，就蹲在灶边去跟人学吧。

陪猫儿据炉边烤火，
你也困，我也困！

跌下去，就莫起来了，

横顺[1]要作雪罗汉！

不要唱歌，不要吹笛，
山谷已经不愿再作回声了，
　雪把它封了口。

长的河坝胖了，
老的碾房胖了，
水磨学得胖子的脾气，
唱歌也只是懒声懒气的！

日头从云里出来时节，
喊着叫着的斑鸠，
是坐在我家正屋背脊上。

人穿了草鞋，

1　横顺，横竖，反正。

牛穿了草鞋——

到官路上去吧，

可以看烂雪里各式各样的脚迹！

本篇发表于1928年4月10日《小说月报》第19卷第4号，署名甲辰。

颂

说是总有那么一天，
你的身体成了我极熟的地方，
那转弯抹角，那小阜平冈；
一草一木我全都知道清清楚楚，
虽在黑暗里我也不至于迷途。
如今这一天居然来了。

我嗅惯着了你身上的香味，
如同吃惯了樱桃的竹雀；
　辨得出樱桃香味。

樱桃与桑葚以及地莓味道的不同，
虽然这竹雀并不曾吃过
　桑葚与地莓也明白的。

你是一株柳；

有风时是动，无风时是动：

但在大风摇你撼你一阵过后，

你再也不能动了。

我思量永远是风，是你的风。

于北京之窄而霉斋中

本篇发表于1928年11月10日《新月》第1卷9号，署名甲辰。后收入1931年9月新月书店初版的《新月诗选》。

对话

你说“我请你看你自己脚下的草，
如今已经绿到什么样子！
你明白了那个，
也会明白我为什么那么成天做诗。”

“你说水不会在青天沉默的，
　它一定要响；
鸟不会在青天沉默的，
　它一定要唱；
你为什么自己默默的，
　要我也默默的？”
“可是，你说的那草，
　它也是默默的。”

本篇发表于1931年9月新月书店初版的《新月诗选》，署名沈从文。

微倦

威尼斯水面上舟子的双桨，

百年前为诗人用文字捕获，

在我的心头，当桨声

重新来作一度低低的泛响、

水光拨起湿遍了我的全身。

让那本书轻轻的掉到我的脚边，

如一个被弃的情人离我而远去。

“季蕤，季蕤，你听，静静的听，”

哗、哗、……一下，两下。

我吓怕。我吓怕。

这宽阔的房中只容一个我。

一堆衣服，一堆书籍，

紫檀茶几上一把乳白色壶儿，

一面镜儿，一个细颈的瓶儿，

脚底下一张白色的熊皮，一张豹皮，

这陈设，这庸陋平凡的百物！

谁跑到这儿来带个远地的消息？

谁高兴给我来唱一只歌说一次谎？

白白的额头需要一张固执的嘴唇，

耳朵边应响着温和亲昵的言语。

一切静静的，什么也没有。

指尖上一列粉红色小小的贝壳，

留下了多少痴人嘴唇梦里的游踪，

多少诗人忧愁的眼睛为它润泽，

齐来用文字刻绘它希奇的色线！

一个古旧的情绪把热血迫上了双颊，

（黄昏里有季蘶的微笑，）

不要误会，这不是我对命运的一份感谢，

人生里最苦的药莫不用糖衣包裹！

拉下我这一片白绒的肩巾，

敞开那扇窗儿，伸出我两只手，

来，你徘徊屋外的清风，

不用作北国荒寒万里奔驰的思量，
不用向我迂腐的诉说，不用呆，
仅把这圆圆的肩儿，寂寞的心，
在黄昏里紧紧的拥，紧紧的拥！

二十二年三月七日初稿

本篇发表于1933年5月4日《西湖文苑》第1期，署名季蕤。

北京

天空中十万个翅膀接天飞，
庄严的长征不问晴和雨。
每一个黑点皆应跌落到
城外青雾微茫田野里去，
到黄昏又带一片夕阳回。
（这乌鸦，宫廷柏树是它们的家。）
一列肮脏骆驼
负了煤块也负了忧愁，
含泪向长街尽处凝眸。
街头巷口有十万辆洋车，
十万户人口在圆轮转动下生和死。
一声驴鸣，一个疑问：
谁搬来石块同砖头，
砌成这个大大的方城？

谁把地上泥土掏去堆个山

给末世皇帝来上吊，

剩下这一片空处成个湖，

让荷花菱芡在湖里长，

湖中心还搭了那么座长桥，

桥上人马日夜来回走？

谁派王回回作羊屠户，

居庸关每年跑进五十万肥羊，

给市民添一分暖和，添一分腥？

…………

（莫追询，历史上的事谁也说不准！）

本篇发表于1935年1月10日《水星》第1卷第4期，署名沈甲辰。

时和空

——人事有代谢
往来成古今——

短墙边乳白色繁花独自谢落
宝石蓝大空中白云聚还散
晚春天气迷人也绻人
这晚春却给我幸福给我静
（只因为）装点这晚春
还有个尖尖脸儿的你
在阳光下露出一列白齿微笑
笑里一朵花含苞欲吐
当我吻着你那净白温润额角时
花开了我谨慎的把它摘下收藏了
万物在阳光和雨露交替中滋育
欣同赏仲夏中嘉树茂草

听红头啄木鸟在林中木末敲梆

水田里有芝麻点秧鸡啼唤

不管是梦中还是清醒

你和我都知道“爱”在暗里生长

秋风渐褪尽草木青翠

敷上红镀上金迎人一片光鲜

荷塘中莲蓬垂下了头

莲子心已略具一点苦味

两人徘徊过那条长廊

蟢子在柱角新织就一饼白钱

天井中枣树上朱红枣子

从高枝渐次堕落到地上

秋成熟这世界一切——

同时成熟了我们的爱

秋夜有流星曳一道碧光长逝

你同流星相似去了去了去了

重拈起你那一朵微笑

才知道这微笑在秋风中也枯萎了

我想询问“有谁能给我引路

把我带向那个‘过去’里走走”

耳朵边仿佛有你轻轻的声音

“你愚蠢的人自己去选择好

走向过去有两道桥梦和死”

想起这两道桥我眼睛已经潮润

小小距离给我经验到老年和冬天

阴湿的泥地里你和我已成尘和土

你呢这时节或许正准备

把草上露水收拾起穿作颈饰

不坚实露水有虹彩和真珠光耀目

思量从虚无证实自己生命存在

七月十一日

本篇发表于1936年8月30日上海《大公报·文艺》第206期，署名上官碧。

忧郁的欣赏

海鸥不离开海，

它自有它的生涯。

白翅膀尖端蘸上了一点儿

　　天空蓝和海水碧，

本身轻得如一朵云。

试向海上凝眸，

海上有多少白鸥！

一群群来了又去了，

　　腾起复落下，

“好一幅美丽图画！”

这微笑自然会酿在你口齿间。

你想不想起过，

这一汪大海中混合的盐质，

其中有万千年鸥鸟骨血融解？

海鸥不离开海，

忧郁和它一样

　　从不会由我心上挪开。

一千个日子里，

忧郁的残骸沉积在我的心上，

这一颗心……

不说它好了，

说它你也不会知道。

七月大暑

此篇发表于1936年10月18日上海《大公报·文艺》第230期，署名上官碧。

文字

人生脆弱如一支芦苇
在秋风中一阵摇就“完事”
也许比芦苇不大“像”
日月流注，芦苇年年“长”
相同的春天不易得
美在风光中难“静止”
生命虽这般脆弱这般娇
却能够做梦能够“想”
（万里长城由双手造成
百丈崇楼还靠同样两只手）
用力量堆积石头和钢铁
这事情平常又“平常”
一弯虹一簇星光“一个梦”
美丽的原来全在“虚空”

三五十个小小符号

几句随随便便的家常话

令你感到生死的“庄严”

刻骨铭心的爱和“怨”

你不相信试“想一想”

试另外来说个更美丽的“谎”。

本篇发表于 1939 年 12 月 9 日昆明《中央日报·平明》第 140 期“诗之页”。署名雍羽。

一种境界

小瓶口剪春罗还是去年红，

这黄昏显得格外静，格外静。

黄昏中细数人事变迁，

见青草向池塘边沿延展。

我问你，“这应当惆怅，还应当欢欣”？

小窗间有夕阳薄媚微明。

青草铺敷如一片绿云，

绿云相接处是天涯。

诗人说“芳草碧如丝人远天涯近”；

这比拟你觉得“近情”？“不真”？

世界全变了！变了！是的，一切都得变，——

心上虹霓雨后还依然会出现。

溶解了人格和灵魂，叫做“爱”。

人格和灵魂需几回溶解？

爱是一个古怪的字眼儿，燃烧人的心。

正因为爱，天上方悬挂万千颗星（和长庚星）。

你在静中眼里有微笑轻漾，

你黑发同苍白的脸儿转成抽象。

本篇发表于1940年6月16日《今日评论》第3卷第24期。署名雍羽。

看虹

瓦沟中白了头的狗尾草
在风里轻轻摇。雨止住了。
“你看，天气多好！”“是的，天气
真好！”
屋脊后一片灰漾漾的天，
有长虹挂在天上，看来
希奇，“两只脚向下垂，直插
入地平线，恰像一道桥！”
“真是一道长桥，那么弯曲，
那么脆弱，那么俏——
——那么脆弱，为什么？”
“桥上正通过诗人的梦，没
有声音，没有一点声音，可

是你细心瞧，它在轻轻的动！”
当真在轻轻的动。
“是的，桥在动！梦太重了，怎
么办？”
“怎么办，还不是载不住重
量时，一压就成两段？”
“桥断了，真糟。唉，上帝，真糟。”
梦好像从灰云绿树间跌
下去，消失了。一点轻轻的
嘘吁，从喉间跌下去，也消
失了。消失的是一条虹？……
一首诗，一个梦，一点生命，
一分时间——谁知道？谁懂？
“怎么办？你说。”
“你意思是不是这人间再
不会有那么好看的虹，从
虹上轻轻通过那个梦？你

意思是生命失去了的，已
找不回来？你……？”
“是的，那个梦，正把我生命
点燃起一苗小小蓝焰。”
“是的，那点火，消失了！”
一切在沉静中。
“你看，天气还不太晚！那只
白鸟翅膀那点黑，在云中
向上翻。也跌落了，向湖心
里跌，是记起夏天湖中猪
耳莲那一片紫，菱花一点
白，还是自己那个俊美的
影子……”
“失去了也好，跌落了也好，
上帝知道，这日子你怎么
想，怎么打量，怎么过！”
天已夜下来，星子渐渐多

起来。

“算了吧，摘一颗星子把我。

摘那颗你最欢喜的，不大

不小的，照我走路，我好过

那条露水和泪作成的河。”

“水枯了，水早枯了，你知道！

再不会湿你的脚（或泡软

你的心）！你放心走好！”

“那也好，让我走。让这点小

小的星光，照着你那窗口

白了头的狗尾草，我呢，我

要把自己过去完全忘掉。”

虹和梦在她面前全消失

了，什么都很好。

试问自己，

用想象折磨自己的人，“你要什么？”

轻轻的回答，“一点孤单，一

点静，在静中生长，一点狠。”
又像什么都不需要，因为
有一片平芜在眼中青。

三十年三月末日

本篇发表于1941年11月5日香港《大公报·文艺》第1219期。署名雍羽。

第三辑　絮絮

曙

谢谢你，我的妹子。

用你臂作了枕头，

我竟恬静的睡了一觉，

醒来还是疑心正做着金色的好梦。

夜，网子样罩了一切，

我的觍觍，你的羞耻，都为掩去：

使我们从不相干的人世间，

联成一体，这是夜的恩惠。

在日光下，我们不能并行，无从亲嘴。

夜色来时，你也来了。

你同梦样渺茫，因为她来，也以夜里。

我见到你咧，妹子。

月的光，正徘徊在窗棂上。

墙壁上有月照窗棂的影子。

虽然无灯，我可以见到房中的一切。

虽然无灯，你那微微侧放到

枕边的那个粉白小小的圆脸，

轮廓分明，比灯光下还更要清楚。

我见到你咧，妹子。

在这里，我们当自由不拘。

无忌惮的亲嘴，只要你高兴。

你听那里有鸡在叫咧，

天快亮了，你，也快要去了！

呀，响了三点，四点就可以去了。

不知是谁的钟呢，我真讨厌它。

“打杀长鸣鸡”，鸡又在叫了！

你再对我老老实实的觑一眼吧，

把你睁大了黑绒花样的眼睛。

我将无从再见到你这眼睛了，

天知道，这房里你还能重来？

把你脸也擱到月光下去吧，

是这样，你更美。

你不要笑我，这不是傻。

世界上像我这样子傻真多！

他爱你并不在这样事上，

有许多好的男子都是如此。

你那眼睛，这时这样睁大了带着

惊奇样，小孩子对新来的客人样，

注视到[1]我是什么意思，妹子？

1　注视到，注视着。下文的“争到”即“争着”的意思。

从你眼中我取得了你的未完天真，
我信你是好人，你并不坏。

你不要误会，你不要误会，
我的眼泪原是常常挂在眼角里！
眶子里还酿了许多，所待的是机会。
有机会它就要争到跑出来，
这是极其平常的一件事。

难道是因为你不好，冲撞了我么？
那你全错了，我发誓说不是。
我自己要哭就必哭，一下子就好了。
你放心吧，决不是为你的。

我要你来，并不是为得……
你看，我们已经并头睡在一块了。
我们又肆无忌惮一块了亲的抱了亲嘴。
我是满意极了，对于你的。

因为这样，会使你回去受责罚，
我全不知道有这样的事。
娘以为你不会逗人欢喜，将在你
身上加以鞭子，这是真的么？

你们的规矩，却是那么制定，
你这种知识是用你的痛苦换来，
想起真叫我心怆，
你受过的痛苦这时都移在我的心上了。

我要你来我只是爱你。
你不要哭吧，你应对我笑才是。
把眼睛朝我这边吧，让我为你
把眼泪舔去，你也帮我这样办。

我要你来我只是爱你，
因为我要爱别人，别人却用不上

我这无价值的人的爱。
我并不是来嫖你，像你所见到的一般人。

我把你当成亲的姐妹来看待，
我可怜你在生活中所受的摧残。
我想尽我的力做一点使你快活的事情，
眼前也好，未来也好，我是一番真心。

在你身边，我已经找到了我所寻求的东西。
你引我进到一个灵魂陶醉的世界，
我得了不曾经的心灵的润湿，
发了霉的感情已为你洗刷一通。

你，对于你的做女人的事业，
在一个陌生的少年男子面前，
竟做得那么自若，全无骄气，
伟大的牺牲，觉得可敬。

在过去，心目中的你们，我以为是
在一种肮脏获罪的道路上踯躅着，
我如今看出我的错误了。
你们是神圣，倘若是神也有工作。

是真的咧，在你们面前，
男子们的渺小，成了微尘，
如同巨石前的秕子，
于此人间世，我找不出比你这样更其伟大崇高的人格！

“这事你不愿意”，我没有懂你这话。
你以为像那些小姐们，到学校去，
选上一个白脸长身的少年，
就规规矩矩同他生活下去是好？
这是小姐们应当的事，一般女子并不见得是应当。

少男少女们，全都是一群魔鬼。

她们感情上都装了甲，
足以抵抗一切的诱惑，
才敢跑进男子群里去厮混。

他们玩弄着女人，同时又
欺骗着自己：
热情装饰到脸上，
眼角，眉尖，嘴边。

男子们到这里那里女人身上都放了一些感情账，
图的是支付最后的利息。
只要机会许他做坏事，
就把自己嘴唇从这个女人移过那个女人的口边。

他们都知道用物质的炫耀来攻击女人的心，
热情的重量足以将一个少所见的女人来压死。
你若是到那中间去，
你将用苦楚换到更其普遍的经验。

你当真也去做那恋爱之梦么?
凭了这梦去寻求的老实人正是有许多。
他们是在无望的苦恼中徘徊,
她们是在回首的悔恨中辗转。

我这话是真。我们要是会做梦,
你就永远做梦吧,(这是上策。)
我的意思是愿你这样混下去,
在此间,就不知道有许多少年人要你们来引渡!

是的,是的,接近你的仍然是那一类
在妇女场中活跃的痞子为多。
但是,他们有了钱,那一类可怜人,
在另一方面失败的,仍然可以从你处找到些安慰。
这中间也有好人,像你在这种营业中一样的有着
　　真实的热情,
需要挹注。

倘若爱恋还有一个最终地点在，
少男少女们都是走路的人时，
那一类绅士小姐的结合，
比你们距离那最终地点会更远。

你的脸色，告我你能了解我话的意义，我真高兴。
再用力抱我一下吧。对了，我们——
我们应当搂抱，应当亲嘴。
让灵魂合而为一，至少是现在。

我谢谢你，你给我的好处太多。
在另一时，我能默体出人间关系之神秘，
那全是你的赐予。
你给了我更其广泛的人生经验，妹子。

你的印象，我是会好好保存在心里：
从视觉所理会到的，

从触觉所理会到的，
从嗅觉所理会到的，
时间决不会将我之记忆抹了去。

在明天，若是你还愿意来我这里，
我希望仍然能在月光下见到你可爱的小脸庞。
我可以为你念一本书，
书名叫作《茶花女》，法国人做的。

你知道，知道那就更好了。
那位小奶奶，马格理脱[1]，不正同你一样生活么？
她也是那样活到世界上的一个好女人，
又逗人爱怜，又逗人敬慕。

我知道她必同你一样美——
年青，聪明，天真，而且豪放：

1　马格理脱，今通译玛格丽特。

她可以做你的一个好榜样，
她才能说是能爱人的女子。

当年爱她的，自然也有像此时
同你过夜那类粗男人，
所要的是她身体一块肉，
在她身上发他禽兽样的气。
但是，这之间，还有一个阿芒杜法尔。

妹子，你可以相信我，
好的男人多着咧。
有许多许多我或不能说，
但总是有，这我敢断定。

不过，这种人总不是你们所能遇得到，
也不是在外面同人谈恋爱的少女所能遇得到。
维特式的衣服在社会上极容易找寻，
维特式的殉情却很少，（因为如今男子都聪明，以为那是件傻事。）

那真在心上系着情人的男子们，
多半是行动萎靡，沉默少所表曝，
在群众里，总能见到他，
所见到的也只是傻子样木讷，近乎阴郁的脸相。

他不知要怎样去亲近他所爱的人，
即使是你们这种用钱可买到的女子。
用颇少的钱，买你一夜或两夜，他就办不到这事。
胆子又小，脸又嫩，即不是穷也无法。

他们是不中用的人，常是做着梦。
在梦里把女人造成神圣的全人。
到女人场中去，见一个女人就想把自己为女人
　　制成的模型去印证。
结果是颓丧气转了家。

就希望你就如此活下去的我意思。
就是一面怕你吃亏，
另一面，我知道正有许多可怜的朋友们待女人
　　救拔。
你若能爱人，（与其站在欺骗的社交前面）还不如
　　仍然是这样好。

你看我那样瘦，从前曾肥过的！
你会不能相信在过去我臂膊竟坚实的同一段白皮松
　　的吧。
还只是前两年，那是真的。

细微的像薄薄绸子样的皮肤，
如今却失了弹性颜色灰败了。
我的年青就是那么在不值价的寂寞里消磨，
比你是更苦，比你是更可哀。

你在笑我吧，我不是自夸，

我美过来呀，人人都是那么说。
嘴唇，本来是拿来接吻的，
如今瘪皱了，粗糙了，所以我的举动就如此显得
　　生涩。

在温存中我总感到一点儿惭愧，
我不能忘我已是个老人。
我又自伤心，
想到它美丽的又是徒然的过去。

把这钱收下吧，这是你应当有的。
这三块钱作为送你私有，不要告娘，免得她又抢了去。
你可以拿去买一点所要的东西。
唉，这难道要谢么?

我们的灵魂居然能系在一处，
这是金钱的帮助，你不当拒绝。
我只想在这不自然而又自然的联属中，

用我所有的钱来弥补我造的罪孽。

我知道我们都成了金钱以下的罪人。
希望用我圣洁的亲吻，
将你过去自以为是污秽的往事全洗去。

在我心中，你永是完人，
我用我弱小的心，
感触了你人格的伟大。
我知道，以后一切会将我们来分开，
但无从将你从我记忆中拭了去。

以后会如前陌生样，漠不相涉，
各人走那不尽的长道！
我的伴侣依然会，是那样无依无傍的幻梦，
但这梦却建筑到你此时所给我的印象上！

花儿会将枯萎，人儿会将老去：

妹子，你的美丽与天真，
也会消失在目光里！
你应当任意享乐，抓着现实。

乐意在这种浪荡生活中消磨你自己，是很好，
你要想从别一生活中找你的阿芒杜法尔，
也由你去做。

到四点了，
窗子上已爬进灰光了，
用不着再留恋了，
你可以去得了。

我还有钱，你可以放心。
明夜仍然可以来，看你的高兴。
那抽屉里有梳子，头发稍稍理下吧。
你脸那样的苍白，不是病了么？
可惜壶里的茶已冷了。

看你衣服这样的单薄，
近来白天还可以，晚上去吹风，
怎么不受凉？你也应稍稍注意它一下。
我听到你咳嗽心就觉得可惨。

我怕什么？我可以送你出巷口。
到胡同口子去叫车，这时还很早。
你不要告你娘这三块钱，
你可以用来买一条好一点大一点的毛围巾，
不够时应当告我。

你看天上还有星子哩。
妹子，再抱我一次吧，紧一点。
我要哭了，你若知道我此时的心，
你会……

我回头去还可以睡一阵。

你走吧，好，乖乖的去了吧。
在娘面前总不应如此小孩子样子，
你应当听我的话，不准哭。
把眼泪擦了，好，乖乖的去了吧。

我只能再抱一次了，那边有人走来了。
我看你转弯时再回去。

十五年中秋前五日

本篇发表于1927年1月《现代评论·第二周年纪念增刊》，署名甲辰。

疯妇之歌

小姐，奶奶，太太，我看到你们在那里笑！
我知道的，这个意思，我全知道的。
我眼睛不瞎，我能看出蚂蚁的打仗，
苍蝇在我身边飞过时，我可以听出它的翅膀声。

你们笑我老了，笑我衰了；——
我丑了，丑得使你们贵人全发笑。
头发黄色像乱草是可笑的。
鼻子孔为虫吃了你们也觉得有趣。

我是像那满身长了癞子的母狗。
我是像那为人用开水烫过的公狗。
打脏水缸爬起的鸡比我还体面。
我忍受痛苦如从拉煤车的老马学来的。

到硬土上翻筋斗是猴子做的事，
我为了逗贵人欢喜我也做过类此的事了。
痴痴呆呆上法场的囚犯得唱歌，
我的调子不同意思却并不两样。

你们脸儿常白，又有小小的红嘴唇。
你们住舒服房屋，不怕大风大雨。
你们衣裳入时，头发缝特别章法。
你们要东西时，还可以用一百个人来当差。

为供你们吃，天才生了鸡鸭鱼肉。
为供你们玩，天才分出春夏秋冬。
玫瑰不是为你们，开花不会香。
没有青年女人的世界，雀儿不做声。

你们有一双柔软臂膀正适宜搂人。
你们颈边的圆涡乃容受接吻而起。

鸡子和羊是你们同胞的亲姊妹，
云雀和画眉同你们是共师傅教出的。

六月里太阳晒得我头痛，
但它实为催你头上戴的夜来香快开的。
你贵人在秋天欢喜看红色的枫叶，
西风才吹；（那里是同我们身上作难呢！）

一部字典是为我们全人类而预备的，
但是，我明白，得让你贵人先自去拣选：
你们为“恣情宴乐”才同时要“疾病”，
我们为“处治男人”才不愿把“眼泪”放松。

公馆窗上总有精致软绸的幔帏间隔，
所以不用你贵人看到人间的污秽将眼睛弄坏。
男贵人为你们把房子筑了高墙，
呻唤的声音就无从扰乱你们安静的心了。

是哪，对的，老爷有各式各样不同的嗜好，
“美”的意义就是按照老爷兴致的安排：
穿起花的红绿丝绸衣裳是不可少，
要装饰到内面，教育也应当注重。

奴仆是衬托侯爵公爵贵人富有而起的，
为衬托你们美丽才有我们穷妇人。
你们把生活的反面全扔给我们，
你们才常有开心的时候不至于生病。

我又看到你们贵人中一些才女，
用文字把这世界打扮得更其美丽年青，
这世界披了件锦绣衣服，（真难得！）
便救了成千成万想死的人！

小姐，奶奶，太太，我只一句话你们让我说：
死亡扼着了我们喉头我们都不能出气。
这一点遗产证明上帝对人仍然是公平。

你要是能够，便把这遗产丢掉去！

你舍不得一个大儿我就去领我遗产。
你无论如何俭省你也会穷的。
诗人才女为世界缝的衣裳也有穿敝时，
给蛆去啮去嘬是大家共负的老账！

三月二十六日　北京中一区

本篇发表于1927年4月16日《现代评论》第5卷第123期，署名甲辰。

给璇若

一

何苦自己这样地摧残，

在人前还做些笑靥，

特引人感到了不安？

二

倘若是独往又独来，

尽可到旷野里去徘徊，

冻死了也只是活该！

三

难道是怕旁人底“施恩”

自己就甘做了一朵孤云，

独飘浮于这冷酷的人群？

四

是成心叫旁人为你担忧，
镇日价在挂念，为你发愁，
你自己倒落得松心好受？

五

无奈你是人间底伴侣，
一个可爱的灵魂与身体，
怎能不引起了人底怜恤？

六

不提什么爱恋与情深，
谁见了不惊讶，不关心，
——纵然他是个陌生人！

七

竟不理旁人底忧虑与挂念，
一任他怄气或狂癫，

——为的是保持了自己底尊严！

八

尊严么？这是什么东西！
斫变死自己底形躯，
试问你还有什么赢余？

九

摆脱不掉这缱绻，
生来就是为的受些牵缠，
偏遇到了你这执拗的活阎！

十

你能不笑我这杞人底忧天，
说我故意地使你为难，
叫你百般地感到了不安？

十一

我不管！我底心间，
既种上这样底田园，
它生长什么，——随便！

十二

愿今夜底北风发慈悲，
将你安适地送回，
好好地在冷床上安睡！

本篇发表于1927年8月6日《现代评论》第6卷第139期，署名菌。

絮絮

一段

瞧，我不是又来了吗？

眼泪是空流的。

我说你眼泪是空流的，

　你不信。

如今把你的一切，这身上一切算归你。

再不要说相思吃苦了。

再不要因无人爱你烦恼了。

你这唠叨的口得时时刻刻

　用我的舌子锁上，

别说了，让它的用处拿来

　甜甜的亲一次嘴吧。

我要你相信我前次说的话，
不怕路远，不怕风大，
也悄悄儿的会来。
就不然，我把心放到这边难道
　我就不难过？

这时节你欢喜怎么，
你就怎么去作。
我这身体是从不曾给过你这样男子过的，
我只对我过去的脏污抱歉。

你不以为这是一桌残席，
我尽你量。
这身体是值不得你年青人爱了。
这身体是些糟粕，谁说能醉人？

使你这外行醉吗？
你哪，只要嗅嗅酒也就会醉。

那些用手捏得融的，

　细致到像绸子同奶油的，

才是年青人用他爱情的女子身躯！

你的热，你的力，

用到我身上只使我伤心。

我们这样人那里载得起

　这些爱？

……不。

你让我把这话说完吧。

我明白你。

你不说，我也明白你。

你的心在你抱我搂我时就可以知道。

我不爱你我今天就不会

　无故来到这里了。

我但愿从此是乖乖的在你身边，

永不跳。永不闹，永不跑掉：
只是……

请你把忧愁收拾起来，
如收拾你的眼泪一样。
“我归你了！”要你信，
我可以赌咒。

把我的盟约写在你的心上，
把你的盟约写在我的心上，——
用神来作一次证人，
就请他先用手来拭拭这誓语。

我把心交付给你。
随你便；——
扔了吧也成。
这心交付给你我是一千个放心了。

就说这是不值价的，

　无用的，随处随地可得的。

但你总有一个时候用得着这个吧。

到你凄凉时候再想到我，

　就有了。

二段

在同你相识以前，

我的泪是流在洗刷我自己耻辱上面；

在同你相识以后，

我的泪是流在洗刷你给我的好处上面：

因为我明白我的苦命，

别人的坏同你的好我直想全要忘记。

受惯了磨难，

多一分磨难是不会多有一分痛苦。

第一次的受人真心相爱，

却不拘是什么坏人也当不来！况我。

我就从不知道你们男子中也会有
　同我来说那心上的话的。
我也从不遇到一个男子愿意
　听我的心上的话。
我的生意只是照例给人玩玩，
一个婊子一生就是如此！

谁要我作他的姐姐妹妹？
谁愿意作我这下贱人兄弟？
谁要我当真关心他的一切？
谁愿意告给我真名真姓？

说要，就来了，不敢不来。
说去，就走，敢说不走？
看别个男子兴味，要吃，就吃；——
我永远就是一碗随时随地随人
　可用的菜。

我本来就不算一个人。
我生下来因为是女的，
　就有作娼的命。
使我领受一切的全都只有
　天知道。
我哭，我向谁去哭？

女人的眼泪是珍珠，
这个话是为那命好的有福气的
　小姐说。
我把我眼睛哭肿，
这算合该。

许多作女人的好处我们
　这类人那里有分？
我就是为受人玩弄才生。
如不是为我小时可以作丫头

　长大又可以当娼，
谁能让我好好的活在这世界上？

三段

我说，这是实话。
我说错了吗？
我有许多错处，这个我也明白。
但是为什么你还要哭？

要你别把眼泪尽流，
怎么全不听我的话？
有机会说这一次，以后我是不说了。
我不让你因为这个过去的事
　尽流傻泪。

眼泪不是为这事流的。
那儿流得许多？
我就非常明白这个事，

瞧，我不还是好好的？

同你在一块我一切全忘了。
你也应当，就算是为了我。
这不算是很幸福难得的
　一件事么？
一个是像候情人的焦心，一个是
　偷悄悄儿的赴这约会。

我虽然又是一个像你们男子
　所称为人的人，
但我并不是不明白一切是很可伤心。
这个是命运，不信么？
若不相信命运，咱们俩儿
　也就不会在一块了。

我们活下来谁都只有听凭命运
　处治我们。

我们想挣脱这么多的苦，只是

　更多的找苦上身。

性命不过是一张挂到枯枝上树叶，

谁能断定这风在什么时候要起?

我问我自己，——

　活下来究竟是怎么回事?

就是让成千的男子来辱我，

　我才活。

到什么时节我老了，

别人也不要我了，

随后我也就很可以死得了。

我盼望到那一天。

　赶快到，马上到。

终有一天要来的。

到那时我就可以安安静静

　睡到土里了。

我想到那时候我若能作一个鬼，
要到各处去找我那鬼爸妈。
我问他为什么把我生下来，
我问他究竟是欠了多少儿女账。

四段

别人说，我们作这样生意的就不是人。
是的。我说我是人，不是笑话么?
我是见到许多是人的人了。
用我四肢作床，我让了
　五十个一百个“人”在我身上睡过。

他们就是人。
他们都有的是钱，
作这个事就为图快乐。
用他们的钱给我遮羞，
他们作过了这事也就即时忘记过去。

谁能为同一个娼睡过一次就
　永远记到在心上？
谁有这样空闲来想一个娼妇给他的好处？
他们差不多至少同我们这样人
　睡过十个二十个，
若是不善忘为这情分也累死了。

可是人数就再多，
要我忘掉也不能。
每一个脸长脸短我都记得非常明白，
这些就是分头糟蹋了我青春的男子。

作马吧，作牛吧，——
是吧，我们当真那里及得人家牛马，
牛马它要那个也有时候，
总不会用一匹母牛配一百匹公牯。

作娼的就天生是在这些事上

受磨受难。

那种难那里是你们想得到?

若是你这样也算,

哈。

一回,两回,这是算回数的事吗?

只有你。

他们拿钱来是为什么?

遇到醉鬼才要人受。

来了,好好的,就只笑。

明知是假也要笑,

不笑是不成。

呆一会儿我就尽这些人

在我身上享乐,

我只有闭了眼睛不作声。

宝宝乖乖的喊，
我算谁的宝宝乖乖？
谁体恤过我问过我一次舒服不？
谁是愿意在这件事以外温存我？

我听到这些人发喘，
我听到这些人呻叹，
我听到这些人像垂死的牛一样
　颓倒在我的腹上，
我再睁开眼睛来看这
　俨然一堆肉与骨的体积。

我哭，这只是初初那几次。
到后不哭了。
我能够望到这类死尸笑。
他们这些高贵的人在我身上
　气力是已用完了。
他们这时是只像一个死尸，是真像。

我可怜他们，但我心中又恨。
这些就全是上等人？
他们欢喜我还可以花一点钱
　把我买回去，
怜悯一类事不是我所有的吧。

我的职务是天分配下来的，
养娘又在我耳边教了又教。
谁一个看上了我就陪他去睡，
人家也不要问我愿意不愿意。

我还不曾见过一只狗身上有钱袋子。
若是有，
我相信它想我陪它也得陪陪。
世界上每一个人都有一个身体，
只有当娼的身体不是她自己的。
你不明白世界上为什么要钱？

钱就是为我们交易而有。

四块钱，五块钱，可以要我们，好好的
　服侍一夜。
（你不是这样找我，我们不仍然是路人？）
用十倍二十倍的数目则可以买了我。
我的价钱决不会比一匹骡子为贵。

贞节，羞耻，早就不是我这样子人所有了。
我的身既不是我自己所有，
当然别人不会把这些名分送我。

纵有，我用得着这个吗？
我为那一个去讲究这贞节？
第二个可羞的事遮盖在第一个上面，
我若有羞耻，羞耻早压坏我了。

五段

顺到老爷的心我可以多得一点钱。

我懂到故意发浪那他们就快活。

我命好，作一个人的姨太太算了。

在我们人中作一个人的奴隶也就算命顶好。

六段

这样生，不如死了安静吧。

一个作娼的人那一天不想到死呢!

可是一点点小快乐也可以把我吊着。

只要一点点希望，人是仍然活下来了。

只想到未来，死是死不了了!

这不是实在的情形?

男人我是不明白。

我却是的的确确这样活。

我想到一千个人到我身上睡过的

总有一个人是要我真心爱他的。
我想到一千个男子中
总有一个人是不在乎我这个身子。
我想到一千个男子中
也应当有一个好人。
我想到从一千个坏人中
总可以挑出一个不太坏。

想到这些我有气力活了，
想到这些我便愉快了。
谁知道我这苦中笑是
为什么希望而笑？
谁知道我这打算是什么打算？

有了这希望以后我随时留心。
每一个人我总详详细细的看
他一切行动。

七段

你以为一个当娼的就不懂到爱？
真要懂到爱就只有娼。
我经验给了我许多知识，
像我这样女人别个就不准我
　去用真心爱他。

试去吧，同那年青一点的客，
说，“我爱你！”
“好吧”，就是那么答应。
他就从不会想到娼也能真心爱人。
因为他是用钱直接买我。

说爱他，他不会同你真好。
说不爱他，他见你标致也仍然
　要你陪到他去睡。
若是伤心哭？
他是用钱来买笑：

大半男子宁愿要假意的笑，

　用不着要谁来真心对他哭。

笑一阵，闹一阵，……

若是病了？

病了也要陪到他们闹，笑。

他们的钱就为这个用！

谁稀罕一个作娼的人真心爱恋？

天下各处全是娼，谁也不。

照例就是那一边既出了钱，

这一边也给他自由玩。

我是给过五十个一百个人的自由了。

我不明一个作娼的也有权利要一个

　男子给他一次自由不？

你，你为什么来得这样凑巧？

即没有见你我也仍然相信男子中

　有你这样的好人。

我当真相信，如信我
　生活是命运铸成一样。
我算计我命运里也应当碰到一个人
我只担心是一天一天老去
　则这个机会也一天一天的少。

八段

因了你给我的好处，
使我自己也感到要另外成一个人。
我要你从我眼睛看进去，
我的心并不是一颗坏心。

我要一个男人真心爱我，
我也能比一个处女样去真心爱人。
过去的生活把我身体毁了，
这灵魂还是好好儿可以容得下

　爱情的火来熬它煎它。

一颗被侮辱揉碎了的心，
在一种爱的亲洽下是修理得好的。
一身的肮脏是用你的亲嘴可以擦去。
我直到这时才晓得人活到是什么味。

我这一生磨难给我的是世界上
　每一个男子都有一点儿份。
但你给我的是这幸福的磨难。

说是去了吧，就走了。
天一亮我就应当走。
我是黑夜的小卒一样，
不是可以在太阳下露脸的人。

可是，为什么到我临走你这样难过？
怕我冷，我是只经过这一次？

我是除了给别人欢喜以外还有资格
　给别人稍加怜恤的人？
你用钱，是买我的不欢样子？

你这样，
　那里是同娼妓来往的人？
你为什么信得过当娼的也有
　平常女子的爱情？
别人要我给他笑，给他浪，
　我照样也只能给你这些。

为什么你对我说是感激？
作娼的是要人在献身以后说感激，
我是第一次听到。
是当真。
他们有口他们可从不曾说过这样话。

不嫌我丑，不嫌我脏，

不以为我是下贱能同我多说两句心上话，
我就永远不会忘记这好处。
我在别人眼中算人这是第一次。
其他的人在他出气以外
　谁有兴致同我说长道短？

我们的交易完了，
交了钱，交了货，通常算完了。
为什么你一定要来同我作一次
　感情上的交易？
人说你傻，一点不错。

不过你的傻处使我有的是
　干干净净的眼泪还你。
让我把这个无价值的眼泪为你来流吧。——
我从不用这个给谁——
　因为别人也就不要——
让我给你永远流吧。

九段

请你抱我。是。

请你用力抱我。

我这是欢喜的流泪。

我是愿意天许我一个机会

　死到一个情人手腕上的。

唉，我的弟。

是喔。

在我身上各处亲嘴，我让你。

这样一来那肮脏的过去

　全给你这神圣的吻除去了。

我要死，这真是一个很好的机会！

那吗，是吧。

我不明白。

我不明白你这给我的是些什么。

唉，我的——
你怎么啦？

十段

我。是吧。
我是在几年的磨折下受了伤的人，
我皮肤是在磨折下全坏了。
我身体的美是毁到一些有钱的人
　行为上去了。

这里只是一个旧货。
这里只是一个经过许多男子用过的身体，
我不能给你一个处女的好处了。
我不能给你一个处女的天真了。

我先前那样的年青，
这些地方，这些地方，……

天却尽把给一个络腮胡子

　糟蹋了我。

如今，我完了，那里还值得你来？

好些地方我是自己也不敢用手去摩了，

好些地方我是看也怕看了。

我在打扮时照镜子就为我这

　消失了的好处伤心。

我那里还能够充二十二岁的女人？

十一段

你看你自己身体是这样薄，这样脆，

何苦来定要——

你身体坏到这个样子，

究竟在平常作了些什么？

天下女人是那么多，

那里值得你这样的在想望中糟蹋自己？

女人是真值得要一个好男子
　想她而消瘦到这样子？
在世界上另一种女人难道真如此难得？

那一个女人不要男人，
那一个女子会真真嫌那对她求好的男子？
你也不要那样忙。
究竟女人能给你什么好处？

要人陪到你睡，
这样子也不是，决不是。
要人爱你，你怎么知道
　别一个地方就没有爱你的女人？
这样不顾全你自己。也只有遇事更悲观。

别哭了，又哭！
听我的话好好把身体弄好。
身体好点你也能给我——

是不是？

让我也好好来抱你一下。
我是从不曾这样欢欢喜喜抱过人的。
在这事上你会对我又要感到失望，
我不会在你面前给你那处女腼腆了。
但我在另一事上可以给你更舒服。

我但求天求神要他保佑你，
在最近你能得到一个好女人。
我是终究不配为你作妻的。
我是私娼，是婊子。

你又不是可以讨姨太太的人，
若我缠在你身边，
把你一切社会地位也毁了。
你年纪是这样小，为什么不可以
　同一个二十岁以内的姑娘要好？

我自己下贱，是命定。
在这个地方碰到了你，
我对这命运就已非常满意了。
我不能够因自己下贱累你难堪。

我不是怕你穷，别说这话。
我还怕穷？
难道我是什么小姐？
我若羡慕富贵在我客人中
　早用心媚别个作姨太太去了。

我要仍然作我这生意。
当然总还有像你这样可怜的人
　我可以救济他。
人生是不拘在什么事情上都可以积德，
我信我这个也未尝不是生活。

你不要以为我是不爱你。
我爱你，你是我第一个爱人。
我不能因为爱你毁了你。
你让我索性把身体贡献给你以外的
　那些可怜的无助的青年吧。

我何尝不为未来打算？
就照我的方法便是顶好方法
　之一个。
我不是故意。
我不是不愿意把我的生活收束一下。

为了爱，
我们分手好了。
我以后是再也不来。
我这话使我自己也中毒难过。

再有一次给他们晓得，

你见到他们便会为他们取笑。
谁说在娼妓中有真实的恋爱？
照到你说的书上的事也就没有好结。

你还是作你的事。
好好的，也不必过分为女人伤心。
天下终有比我好一点的女人爱你。
也不必为我担心，我是懂事的人了。

那里会就永无一个女人欢喜你？
我不信。
到将来实在没有合你意的人，
你可以记着我是爱过你好了。

一个在世界上顶无价值的土娼的爱，
只合在你心上好好收藏。
若是你定要拿来张扬，
那笑你的人就多了。

十二段

是，我不说了！

乖，你睡吧。

把你的手给我按到这一对小鹿上面。

把你的胸脯贴拢来一点。

把你的脸莫太偏，对了。

不要再哭了，

算我是说的全是笑话。

也不要再动了，招了凉不是玩。

太多事了是不适宜于你身体。

戊辰一月于善钟里

本篇发表于1928年6月《现代评论·第三周年纪念增刊》，署名甲辰。

第四辑　浮雕

死了一个坦白的人

好聪明的家伙，我问你，
你说，你说，
你怎么会来到我们这个世界？
上帝无双的慷慨，
派你来到这个
　占满了苍白色脸子的人间，
带来一个怎样希奇的春天！

多少人从你有活气的生活里，
贫血的脸儿皆不免泛上一点微红。
多少老年人为你重新而年轻，
忘了他头上的白发与心上的灰尘。
活下来你是一堆火，
到什么地方就在什么地方焚烧。

一个危险的火炬，
触着无生命的皆成为生命。
友谊的魔术者，
长眉小嘴女人们最适当的仆人，
一首讽刺时代古怪体裁的长诗。

声霹雳，一堆红火，
学一颗向无极长陨的流星，
用同样迅速，同样风度，
你匆匆忙忙押上了
　　一个这样结实沉重的韵。

你的行为，就只在
　　使人此后每次抬起头来，
眺望太空，追寻流星的踪迹，
皆不能忘记你
　　这种华丽的结束。

一个夸张的死，

一个夸张的结论！

让那些原来贫血的脸儿，

恢复他固有的颜色。

让那些生成小气自私的人，

到时也不能再悭吝他的眼泪。

让远近无数沉重的叹息，

遮盖你这破碎残缺的肢体。

把你用生命写成的诗给一切朋友，

用文字写成的诗，

给此后凡是认识中国文字的年青人。

在那些一切有血流动的心胸，

留下你一个印象——

　光明如日头，温柔如棉絮，

美丽眩目

　如挂在天上雨后新霁的彩虹。

死了一个坦白的人，

留下多少衣冠绅士[1]

廿年十一月十九以后，

重新来活到一切年青人的心上[2]。

这首诗为悼念亡友徐志摩而作。写于1931年11月19日徐志摩空难身亡后不久，但作者生前一直未发表。

据手稿编入。原作无标题，篇名为编者所拟。

1 这段似未写完。

2 这两句写在手稿的背面。

他

他是一个无仇敌而有朋友的人。
他是一个能从各样人中取得友谊，
　培养到自己的生命的人。
他能发现人的一切长处，
　有时这长处在那本人还没有知道以前，
　却由于他认识这长处才发展的。
他不知道什么是嫉妒。
他从不使人难堪。从不使人讨厌。
他永远总是过分的年青、热心、富于感情。
他永远十分信任凡是他认为朋友的熟人。
他在人面前，由于他的亲切，洒脱，
　使一个生人也没有拘束。
…………

这首未完诗稿为悼念亡友徐志摩而作，写于1931年11月19日徐志摩空难身亡后不久。生前未发表。篇名为编者所拟。

卞之琳浮雕

两只手撑定了尖下巴儿，
心里头画着圈子：
（不是儿戏，不是儿戏，）
“我再活个十来年，
或者这时我就应当死？”

说老实话生活有点儿倦，
唉，钟，唉，风，唉，一切声音！
（且关上这扇门，得一分静。）
“天气多好，我不要这好天气。
我讨厌一切，真的，只除了阿左林。”

本篇发表于1934年12月1日《大公报·文艺副刊》124期，署名上官碧。

何其芳浮雕

夕阳燃烧了半个天，
天上有金云，红云，同紫云。
“谁涂抹这一片华丽颜色？
谁有这个胆量，这种气魄？”
且低下头慢慢的想，慢慢的行，
让夕阳将心子也镀上一层金。

不希罕财富，幸运，和不朽，
也不胡乱想成王成仙，
只有个小小嗜好——并不贪！
记取一句诗，便来低头吟哦，
不用贫俭文字写成，
这诗句，一个陌生女子的眼波。

眼波里写得清清楚楚：
“狂热，把灵魂从地狱带进天堂，
亲昵晕乱与迷惑。”
幽谷中的百合——鲜洁芬芳，
新酿的酒——使回忆成为温暖的力量。

温习那一句荒唐的诗，
面对湛然的碧流。
黄昏黯淡了树林小山，
悄悄的引来一片轻愁。
微明中惊起水鸟一双，
有谁问：“是鸂鶒，鸳鸯？”
“不用说，我知道，
春水已经浸到堤岸丛莽了。”

二月十二日

本篇发表于1935年2月17日天津《大公报·文艺副刊》第139期，署名上官碧。

一个人的自述

我爱旅行，
一种希奇的旅行。
长夜对蓝天凝眸，
追逐一颗曳银光星子
向太空无穷长殒。

我常散步，
举足无一定方向，
或攀援登临，小阜平冈。
或跟随个陌生微笑影子，
慢慢走近天堂。

我有热情，
青春芳馥燃烧我这颗心。

写成诗歌

还将点燃千人心上的火把，

这嘴唇却不曾沾近一个妇人。

我很孤独，

提起时有点害羞。

这人间多少人都是

　　又丑，又蠢，又懒惰，

我心想，“上帝，你把这群人怎么办？”

上帝说，“他人的事你不用管。”

本篇发表于1940年1月26日香港《大公报·文艺》第775期。署名雍羽。

第五辑　乐章

第二乐章——第三乐章

一

一切在逐渐上升，谦虚而肯定。

在申诉。在梳理。在导引。

　从沉默中随之前行，到沉默中去。

　眼睛潮湿，悲悯彼此同在。

二

如春雪方融，从溪中流去，

　菖蒲和慈菇刚露出嫩芽。

小马跳跃于小坡青草间。

母马啮草徐行，频频回头。

溪水在流，有人过桥，从田坎间消失了。

小小风筝在屋后竹梢上飘荡。

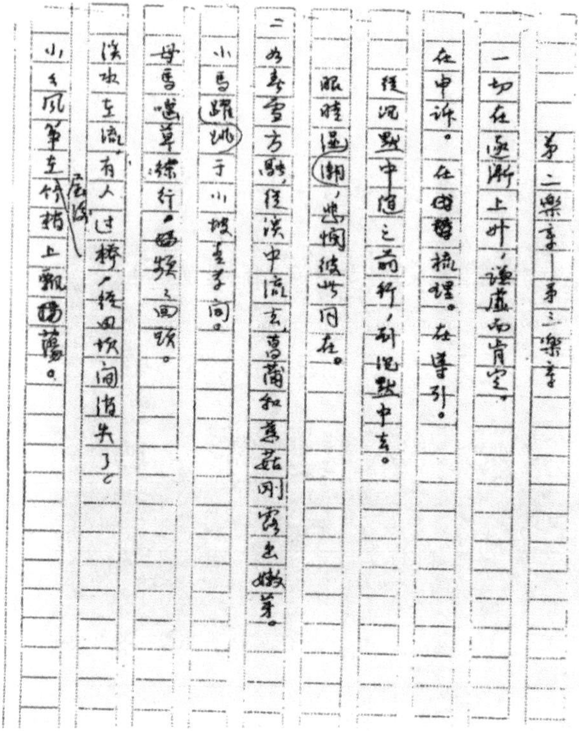

第二樂章——第三樂章

一切在逐漸上升，謙虛而肯定。

在申訴。在田野梳理。在導引。

往泥濘中隨之前行，到泥濘中去。

眼睛濕潤，悲憫彼此同在。

二

如春雪方融，從溪中流去，菖蒲和蘑菇剛露出嫩芽。

小馬跳躍于小坡青草間。

母馬嚼草緩行，母騾之回頭。

溪水在流，有人過橋，從田坎間消失了。

小小風箏在屋頂竹梢上飄蕩。

《第二乐章——第三乐章》手稿

三

流云，流水，和流音，——随同生命
　同在，还一同流向虚无。
一切在逐渐上升，沉着而肯定。
在申诉，在梳理，在导引。
　从沉默中前进，到沉默中去。
　你是谁？你存在——是肉体还是生命？
　你沉默，热情和温柔埋葬在沉默中。

四

你说这样，那样，作这样，那样，
　完全是挽歌的变调。
没有想象，没有悲哀，
　没有自己，这里那里让一切占有，
　丰富了一切，也丰富了历史的沉默。
　没有生命的火还是在燃烧。
正切如一个乐章在进行中，忽然全部声音解体，
散乱的堆积在身边。

五

稍稍引起小部分听众惊愕和惋惜，
大部分却被《闹元宵》的锣鼓声音吸引而去。
这一堆零散声音，
任何努力都无从贯串回复本来。
　绳子断碎了，任何结子都无从[1]
　只是在乐声中遇到每个音响时，
仿佛从那一堆散碎声音中还起小小共鸣。

六

一点微弱的共鸣，终于还是沉寂了。
我是谁？“低能”或“白痴”，这类称谓
　代表的意义，比乐章难懂得多。
　但是他是十分正确的！
一切都隔在一张厚幕后。
我吃喝，我闹小脾气，我堕落，

1　这句原稿如此，似未写完。

我就是由于“低能”和“白痴”。

七

当我还能正常说话时，

我需要友谊，爱情，和一切好的享受。

我是一个正常的人。

好听的音乐使我上升，爱人如己。

教育我说话，用笔，作事，

都有腔有板。文字在我生命中，

正如同种种音符在一个伟大乐曲家

和指挥者手中一样，

敏感而有情，在组合中见出生命的洋溢。

它如水，可以浮沉大舟到它应到终点去。

它如火，可以燃烧更多待燃烧的生命。

八

我现在，我是谁就不知道。

向每一个熟人鞠躬，说明不是一道。

向你们微笑，因为互相十分生疏，

　而奇怪会在一起如此下去。

向你们招呼，因为可以增加生疏。

一切都不可解，却始终得这样继续下去。

九

什么号角在吹？银角或海螺已难分辨。

什么鼾呼在□[1]？是收音机还是

——

什么都完了，收音机哑哑的在我面前。

这首诗写于1949年5月，这时作者病情仍较严重，其精神状态，可参看1949年5月30日的日记《五月卅下十点北平宿舍》，见《沈从文全集》第19卷。

作者生前未发表过。据原稿编入。

1　原稿空缺一字。

从悲多汶乐曲所得

——“我思，我在。一切均相互存在。

我沉默，我消失，一切依旧存在。”

当我完全放弃了思索，随同

一个乐章而进行复进行时……

便觉得生命逐渐失去了约束，

在分离，在融解，随乐曲音流作无边际泛滥，

如一泓清冷，奔湍急瀑，凿谷陵涧而前。

节律引我上升，我上升，

节律引我下降，我下降，

人类一切素朴真理和透明智慧，

通通被译成节奏与旋律，

于反复发展中，将生命

由烦躁、矛盾，及混乱，

逐渐澄清莹碧，纯粹而统一。

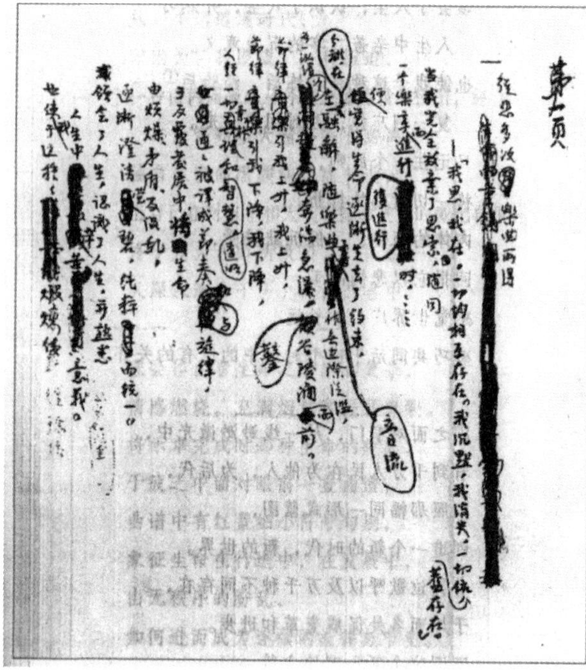

《从悲多汶乐曲所得》手稿

领会了人生，认识了人生，并熟习

　人生中辛苦二字的沉重意义。

也使我于这种种锻炼后　经验后[1]

　复一例忘掉，为时间所带走。

只记住一个原则，

将一切情感的挫折，

肉体的痛苦，一例沉默接受，

回报它以悲悯的爱。

感觉世界广大和长远，

凑巧共同活于这个时代中的应有的关怀。

因之面对窄门，从一线渺渺微光中，

看到千万人民在为他人，为后代，

依照那幅同一形式蓝图，

创造一个新的时代，新的世界。

有哭泣歌呼以及万千种不同存在，

1　原稿两种写法并存。

于地面各处促成变革和进步。
即因这个新和旧的交替，
有万千种死亡和新生。
也仿佛重新看到自己，
如远镜中窥望一颗似熟习实陌生的星子，
从一个远遥遥时代，
即因为一种愿望，一种压迫，
一种由内而来或从外而至的力量和吸引，终于
　与天穹列宿大循环完全游离，
独自孤寂向黑黝黝空虚长逝，
用自己在时空中和大气摩擦所发生的微光自照。
终于复为大力所吸引，所征服。
又深深溶会于历史人民悲喜中。

理会作曲者生命之矛盾和复杂，
情感燃烧，充满烟焰和强猛爆裂。
将乐章完成时那种生命的疲乏，
曲谱中有红蓝细小符号勾剔，

象征生命在行进中，在发展中，
由无秩序的纷乱，
如何进而成为连续的旋律与节奏。
心中十分柔和，与世调和而谐同。
如久病新瘥，双眼莹然四顾，
即依稀如闻过去爱人或好友的召唤低呼。
又如闻病笃小儿，于高热中胡言谵语，
　有对于死亡本能的厌恶和恐怖，
小小手掌热如火灼，
不能离开母亲。
母亲却以憔悴低声于床边应答。
一切温柔而痛苦回音来自远处，来自往昔，
并带来儿时熟习的杜鹃声，水车声，
　庄稼成熟蚱蜢振翅声。
如见流星划空驰过，
萤火虫依依身前，
纺织娘声音如春雨繁碎。
我深深懂得一章乐曲对于

一个成熟生命所施的深刻教育，
为的是作者必然先有对万物深爱，和
荣枯彼此关联的觉醒。
或有长眉秀目，小腰白齿，
恩怨得失作成的
彼此相争，彼此相妒，
彼此相学，彼此相左的种种。
或有权利的残暴和弱者的呻吟，
朱门管弦和饥寒交迫无望无助形成的对照。
如此如彼人事的多方，
教育了那个作曲者，
方能把生命转译成一片洪壮和温柔。
代替了春风春雨，与土地亲和，
泽润万有百物，彼此默契。
即相去千年万里，
心和心犹毫无时空遮隔，
共同分担希望悦乐和重生喜欢！

在乐曲的发展梳理中，
于是我由脆弱逐渐强健了，正常了，单纯了。
三三[1]，你如自信已奋迅而前，上了大路，
你带我走好。十六年中
　你的勇敢和你的单纯，
及一种农村本质的素朴，
对于我本是一面旗帜，
我认识那符号十分清楚。
我为了你而忍受一切，
在生存中接受种种试验。
重新向现实学习，
得到了比任何人都多的一分。
于弦管参差众音齐鸣，复杂进展中，理会到
　你和孩子的单纯与正直的意义。
因人事动静倚伏，
反得回了无求无惧的谧静，

1　三三，作者对妻子张兆和的称呼之一。

也发现了自己本来，

负气和褊持，终究只是一时闭塞。

失去方向的风筝，被罡风

　高高送入云中，已不辨来处归处，

四下求索寻觅，

只发现游离四散的破碎。

音乐比一切缥缈，却也比一切

　更具强大启示与粘合，

将轻尘弱草重新凝固坚实。

它代替了你的希望，你的理想，

因此对我一切的善意谴责，

也代我作种种说明和申诉。

它分解了我又重铸我，

已得到一个完全新生！

音乐实有它的伟大，

即诉之于共通情感，

比文字语言更公正，纯粹，

又充满人的友爱和至情。
它使我明朗朗反照过去，
看到吴淞操坪中秋天来
　那一片在微风中动摇的波斯菊；
青岛太平岨小小马尾松，
　黄紫野花烂漫有小兔跳跃，
　崂山前小女孩恰如一个翠翠；
达子营枣树下大片阳光，
　《边城》第一行如何下笔；
凡事都在眼底鲜明映照，
…………
我接受了爱，接受了人生，
测验了生命的涵容和深度。
从总和中学习了一课辩证法。
是是非非便织成一片锦绮，
音乐为洗濯复洗濯，
保留下自然织物一角的光泽和奇美。

音乐停息，十二点已过半。

一切已结束，一切正起始。

我第一次发现在人间真正的谦卑，

且在你面前更如何渺小，

然而却存在，很真实贴近了地面。

宇宙本涵容博大，有万万

　星宿各在相关约束下旋转，

惟偶然意外，方有一点寒光，

恰恰照耀人眼里一瞬，

随即是永远旋转，旋转，

直到化成千万亿流星如雨。

面前“一刹那”和“永恒常住”，

都说明人寄身于其间，

为理会荣辱爱怨，实百年长勤！

一九四九[1]年九月中　北平

1　原稿误写成“一九三八”。

这首诗作者仅留有多处修改的初稿，曾以《生命的重铸》为题，后改成现标题。作者创作此诗时的精神状态，可参看 1949 年 9 月 20 日给张兆和的信。信中作者提到自己“写了个分行小感想，纪念这个生命回复的种种”。此信编入《沈从文全集》第 19 卷。

作者生前未发表过。据原稿编入。

黄昏和午夜

——黄昏——

神武门[1]城楼上大钟大鼓灰尘蒙蒙，
沉默喑哑相对已半个世纪。
帝国封建的种种，早成传说故事，
慢慢在时间下退尽颜色，
惟剩余点滴片段，保留在老年人记忆中，
当作生命迟暮的慰藉。
黯黯淡淡的光影里，
有千百个热烈掌声代替了钟鼓镗鎝，
表示对于致辞者意见
　衷心领会，和完全接受。

1　神武门，北京紫禁城北门。1949 年后，曾以其门楼作为各种政治报告的会场，听众多席地而坐。

“三千年封建已宣告结束，
眼前存在的即坚固也必崩毁。
国家属于全体人民，
得人民来好好的学做主人翁，
要细心，耐烦，严肃和谦虚，
慢慢学会办事。更应当学习
　政治，理解觉醒的群的向上和向前，
人民的力量将全部得到解放，
各完成历史所派给庄严义务一点！
……”
什么人说的？毛泽东，刘少奇……不问是谁，
都代表的是万万劳苦人民
　共同的愿望、共同的声音。
掌声淹没了话语末一段，
新中国在年青的心、憔悴的心、
　各式各样的人心中，
画成种种幸福式样的蓝图。
掌声平息，人散了场。一会会，门楼上

重回复历史所安排的寂寞和空虚，
剩余灰尘蒙蒙钟鼓相对。
试从城头上雉堞间看看，
绿沉沉景山在对面极静，
北京四野在黄昏光影中极静。
一切存在的事事物物，
似乎都十分沉静。
宫殿中的黄瓦和红墙只成为封建象征，别无意义。
世界却在人的素朴愿望、信仰中不断变动，
国家重造的计划，且必然将从
　时间悄悄移换里一一完成。

大路上有车辆和散学归来的小孩群，
从我和“历史”面前流过。
历史的庄严和个人的渺小，
恰作成一个鲜明对照。
人和人共同在历史上不同的位置，
彼此换易的倏忽，于对比重叠中

　形成一个如何奇异的大综合，
似无人能够注意到，理会到。
我于是在夕阳光影里随同那个“群”直流，
随同时间随同历史直流，
但觉得面前一切实在熟习又陌生。

“静者如山，岁月虽变它少变，
动者如水，或坚冰堕指，
或云霞郁蒸，永远在变易。”
生命的可哀和可爱，或即它在变易中的
　脆弱与坚强常相混相厕，
是一物的两面，是一物两极。
一切存在的意义，即因为
　有它的不断变更和发展。
人和人彼此荣枯的关连，个别不同的梦，
游离与粘合，都无不在“因”和“律”中各有约束，
又还从参商逆误间猝然分解，突破，
惟红墙和黄昏，于长远沉默里，

看人事倏忽，衰落和兴起。

我慢慢走去，慢慢的温习
　在发展变易中种种不同人事，
衰弱的心跳跃的节奏清清楚楚。
“人极少自知，更不易知人，”
我已懂得它更深一层意义。
由于个体有千万异型，
欲解除隔离，常常即加深隔离，
和物理公式一样，稍有一点点相差，
两者便不免形成油和水，
相互同在却永远无从混和。
我面前一堆事实和无数名词，
即仿佛全部冻结于离奇寒冷中，
待春冰解冻，可不知春来时的风，
应当是向什么方向吹！

自然光景的沉默，启示我，教育我，

蕴藉，温和，又深厚悲悯，
人生如此复杂与多方，
永远有追求真理的中途倒下，
默默眺望天空一方，
无望无助的喘息咽气，
自然却接受了这种
　生命感到疲乏的人以休息，
使蓝空夜夜燃点万亿大小星子，
长远如向死者默默凝注，
超越文字和语言，彼此
　得到深深理解与默契。
也容纳相似的青春的生命，
于朗朗白日照耀中，
让情感在欢乐欣快里发酵，
为的是自然更清楚明白，
青春生命的活跃，实世界一大动力，
油着火总会熊熊燃烧，
有青焰和白烟向上扬起，

如旗纛，如羽葆，竖起于广大平野中，

给人以希望的奔赴，

人类关系即因之而重造。

自然于沉默中忍受严霜和烈日，

更特别鼓励那些长途行旅者，

好像随时在谆谆嘱咐：

“你饱尝人生辛苦忧患的过来人，

或由于脆弱，受伤后即倒下永不再起，

或由于坚强，于倒下后犹能重新上路，

我明白你是万千中之一人，

终得从‘沉默’启示中回复过来，

要学习‘接受’，方能有个真正‘新生’！

你得觅路回到来处去，

　回到家里去，休息休息，

在孩子面前展开一张盈盈笑脸，

让他们感到有个爸爸，

病体已行将复原。

使他们活在应当得到的世界里，

待羽毛丰满，筋骨强健，
好勇敢而单纯，和万万人民一样，
来准备迎接每个新起的日头，
在阳光雨露中勤劳手足，
完成社会国家的新生！”
我当真就那么回到了家里，
和孩子们坐在阶砌间，
作半年来第一次聚会。
孩子拍手说：“向日葵已成熟了，
今年雨水格外大，向日葵
　打得个歪歪斜斜，生长得反而格外好。
那树无花果快要死去，好奇怪，
下地后就如同吃过牛奶，浇过粪，
叶子绿葱葱的成一把伞。”
我看看，果然的，身边前后
　向日葵在风里雨里全都成熟了，
无花果更郁郁青青如一把伞。
阳光和雨露生长一切又成熟一切，

面前草木即教育了我一课辩证法。
孩子们各用简单工具敲敲打打，
照书上图解制造电动机，
仔细和耐烦，共同作成的热心忘我景象，
更使我认识到后一代人实在幸运！
心从个人得失解放后的坦荡，
将如何于一个共同目标下，
证实人类合理的明日社会，
必然是驾驭钢铁，征服自然，
来代替人的彼此相争相左。
毛泽东的思想，一种素朴的政治哲学，
和中国万万人民素朴的心结合后，
所作成的各式各种发展，
必然会把人类带入一个崭新历史荣光中！
为追求发明和发现，并克服困难，
青年健康的身心，在手足勤劳时，
将如何充满全生命欢欣！

——午夜——

十一点过半，一切静寂。
北京城二百万市民大半已入睡，
一章不知名的乐曲，
百年前万里外一个陌生作曲者，
来自生命深处泛滥出的
　反复旋律和小小节逗，
在起始融解我并重铸我，
把一个活过半世纪孤立者的
　成见、褊持、无用的负气，
无益的自卑，以及因此矛盾
　作成的一切病的发展，
于时移世易中的理性溃乱，
都逐渐分解和统一于一组繁复柔和音程中，
直透入我生命，浸润到生命全部。
一切的综合，通过种种的挣扎，
从摇摇欲坠的带露萤火，
到煜煜中天的白色星子，

成朝雾明灭一片报晓阳光，
于旧时代半世纪全程跋涉的回复，
慢慢的又仿佛
　重现出一个小小生命，一个“我”，
由点点滴滴重新粘合凝聚而成形，
既善良温和，又愚蠢无知，
依旧是单纯中有驳杂，坚强中有脆弱。
乐曲旋律节奏作成的发展，
正犹如一泓清冷，奔湍急瀑，凿谷陵涧而前，
终于滀聚平潭广泊中，
澄清莹碧，纯粹而统一。
使我理会作曲者生命之矛盾和复杂，
必先有对万物深爱和
　生命彼此关联的觉醒，
方能把情感转译成一片洪壮和温柔，
如春风，如春雨，与土地完全亲和，
润泽万汇百物，
使鸟雀歌呼，蜂蚁流注，草木繁蔚。

即相去百年万里，
心和心犹毫无时空阻隔，
共同分担希望悦乐和生命欢喜！
由乐曲中且依稀领会到
　作曲者将乐章完成时那种疲乏，
于疲乏中面对眼前一叠曲谱，
心情十分柔和，与世调和而谐同。
也领会了人生，并熟习
　创造中“辛苦”二字的沉重意义。
因之如面对窄门，从一线渺渺微光中，
看到千万人民在为他人，为后代，
依照那幅同一形式大蓝图，
用种种不同实践，在建设那个新的时代，新
　　的世界，
有哭泣歌呼以及千万种不同斗争，
于地面各处促成变革和进步。
也依稀重新看到自己，
如远镜中窥望一颗似熟习实陌生的星子

多久以来即和天空大循环完全游离，
独自孤寂向黑黢黢空虚长逝，
终于还被大力所吸引，所征服，
深深溶会于历史人民悲喜中。

凡事都在时空下重新安排，
这些属于过去或暂或久作成的，
和静沉沉的四垂于天末
　黄昏微光，
浅紫与明黄的潜移默换，
以及乐曲中一组音流的泛滥浸润，
重现雪后新晴的寒冷，
第一声鸣蝉的稚弱和生疏，
并于万事绝缘中犹保留那个悲悯微笑，
测验了生命在一切苦辛中涵容和深度。
我并不感伤，善良热泪却随微笑
　缘膺附颊而直流。
乐曲给我生命以浣濯，

并为作出一个总结：

“一个人被离群方产生思索，
饱受思索带来的人生辛苦，
延展和扩大，即造成空中楼阁一片，
寄身于其中，自然忘却外面酷暑和高寒。
风风雨雨再带来思索，
又由之将一手建立的楼阁摧毁，
但剩余一堆圮坍的泥土，
精美浮刻与透雕散乱于断砖残瓦间，
完全失去本来的意义。”
我重新发现了自己，
从风雨中消失，又重现于风雨中。
我原只是人中一个十分脆弱的小点，
却依旧在发展中继续存在，
被迫离群复默然归队，
第一觉悟是皈依了“人”。

宇宙实涵容博大，有亿万星宿

　各在彼此相关制约中旋转，

惟偶尔一刹那有一闪寒光，

能够照耀到人眼中一瞬。

随即还是在时空中永远旋转，旋转，

直到最后，小小碎屑终

　化成亿万流星如雨。

人在其间的位置，实不啻轻尘弱露，

但是这动物能思，能想，能劳动，能积累经验，

扩大到对自然的认识、理解运用，

再由此得回处理这个人群的新法则。

为完成人类向上向前的理想，

使多数存在合理而幸福，

如何将个别生命学习渗入这个历史大实验，

还是要各燃起生命之火，无小无大，

在风雨里驰骤，百年长勤！

一九四九年九月廿二写

十月一日写成

这首诗作者留下两种手稿，所注创作时间相同。创作背景参见《第二乐章——第三乐章》的题注。

作者生前未发表过。据较完整的手稿编入。

第六辑　古体杂咏

庐山“花径”白居易作诗处

诗人喜幽独，拄笻乐攀登，
不辞跋涉苦，还惊老眼明。
山泉鸣玉磬，夭桃迎早春。
眷眷如有怀，妩媚自成妍。
清琴鸣一曲，浊酒再酌斟。
缅怀庐山会，难觅栗里人，
时遇共寂寞，生涯同苦辛。
两贤不并世，各保千秋名。
佳诗亲人民，人民怀念深！

一九六一年十二月十二日

花径，庐山名迹之一，在仙人洞御碑亭附近，传唐代诗人白居易曾在此作诗。近经整理成一山上小公园，花木繁蔚，附近且有一人工湖，夏天可供游泳。湖畔建筑如在画图中。来时虽值隆冬，山泉鸣琴，野桃含苞待放，且值晚晴，给人印象甚新且深。晋诗人陶潜，当年尝预庐山高会，作《桃花源记》时，或亦于山中曾见此花此景，有会于心？两人同以诗名，且同好酒喜琴，一则因论武元衡事，遭朝中权要排斥，贬江州作司马。一则逢时乱隐居田园，衣食亦难足。但两人诗歌多比较接近人民，因之人民亦爱之特深。花径有一碑亭，则为久寓庐山数十年近代名诗人陈三立散原老人所立也。

本篇发表于1962年2月12日《人民文学》2月号，署名沈从文。

游赣州八境台

赣州古名都，万屋栉比连。
八境寓游目，[1] 继踵慕前贤。
遥接郁孤台，[2] 缅怀辛幼安。
节麾拥万骑，横江多楼船，
旌旗耀云日，精甲足壮观。
方期复中原，血战龙蛇翻。
王命停征伐，轻裘入市廛，
举觞乐父老，同歌大有年。
玉虹来天外，笔立大江边。

---

1 八境台为赣州名胜之一，据城东一角高地，正当章贡二江合流处，可远接八景，一览入目。下瞰二江，风帆千叠来去。玉虹白塔，耸峙江畔，恰如一笔，秀挺杰出。远眺崆峒，大山雄伟，半入云中，青碧明灭，宜有仙真乘云驾霓驰骤其间。东坡翁去南海，过赣州时，曾与隐居通天岩之阳孝本到此游赏景物，作诗唱和。

2 郁孤台在附近星城中，均宋时名胜。苏东坡过此时曾有诗咏。辛弃疾在此作官，有词纪事。宋人刻有丛帖藏郁孤台，残石未见。

借此抒壮怀，佳句至今传。[1]

历时八百载，城障尚完坚；

登高多古意，风铎鸣悠然。

巍巍崆峒在，江水碧接天。

双江会合处，千帆自往还。[2]

六二年二月十日　赣南

这首诗写于1962年2月10日，初作曾以《游赣州八境台》为题，先后以手迹形式发表于1980年12月美国《海内外》杂志第28期（附印刷体文本），和1981年1月16日香港《广角镜》第100期，均署名沈从文。

因《海内外》文本较后者少6句，且未加注，故以《广角镜》手迹本并原注编入，同时补入未发表的《游赣州八境台》初稿原注。

1　辛弃疾，幼安，曾有游郁孤台词载《稼轩集》中。台在城里，与八境台遥遥相对，各据形胜。

2　赣城砖筑雉堞多完整，或本宋筑，明清增修，一切尚具旧规。如八境台前瓮城水门，即近旧制，不仅御水，兼以防敌，且可出击。八境台建筑虽出近代，然檐前铁马丁冬，音响清越，凭高远望，见滔滔逝水，千帆来去，犹不免令人起怀古幽情也。

白玉兰花引

书永玉木兰卷

夜半有虫频扰我，
翻覆难作伏枕卧。
引思深感生命奇，
还忆海月车轮大。
同观奇景五七人，
闻才雄杰杨稳妥，　　闻一多、杨今甫。
豪情举杯能三续，
兴至攀登足忘跛。
余子鼾鼾酣梦足，
酒足饭饱惟痴坐。
内中还有“假洋人”，
手离扑克心难过。
时闻啄木声断续，
屋角“道士”唯烤火。
悬岩千丈削精铁，

白玉兰花十万朵。
花落藉地铺银毡，
谷中青鸟鸣一个。
如此清寂绝尘凡，
触事会心证道果。
动静得失各有由，
是非两忘决不可！

白云簇簇海上来，
双鹿云车瞬息过。
中有仙子拟天人，
大石磐磐幸同坐。
白鹄宛转延素颈，
绿发茸茸草梳裹。
秀眉明眸巧盼睐，
翠羽珠珰故消堕。
来不言兮去不辞，
微笑低鬟心印可。

山精木魅次第逢，
身披木叶心如裸。
每逢清流濯素足，
时摘山樱邀同嚼。
蜀中文君足风流，
三湘游女□□□
山花村酒难醉人，
罗刹波斯易接火。
遥闻风音啭碧空，
只余轻风梳松过。
乐闻青鸟自呼名，
厌听山魈热“亲啵”。
幽谷百合独自芳，
路旁萧艾易同伙。

日月不停走双丸，
如烟成尘永相左。
海市蜃楼难重期，

当时若稍进一步，一切即将大不相同矣。

不如返回园中

　锄土翻泥自栽人参果。

因此感奋忘饥渴，

用勤补拙不怕挫。

成名成家何足云？

愿思愿想能爱能嫌真恼火！

当时已出集子约卅五个，南北四五个大刊物每月有新作刊载，而文字风格均在不断突破中。

九霄清寒冷澈骨，

始终不偏木兰柁。

《绿玉》青春永不磨，

《边城》英译名。

无人能知来自那？

指《边城》成因，系在“北九水”崂山半路中，山半腰有一女孩捧灵牌“报庙”，即允某某作一中篇，性格则熟人一望而知即某某也。

旧事倏忽四十年，

记忆犹新唯有我。

春来玉兰花争发，

白中微碧怯抚摩。

对之默默曾相识，

盈盈美目注澄波。

白鸽双双出雾中，

芳草芊绵门不锁。

碧莲花开散清馥，

辛荑苞发紫纱堕。

春波溶溶青苔湿，

兰芷芬芳沁

　棘矢贯虱如中垛。

屈原宋玉

　所经所遇感印有浅深，

弱骨丰肌小腰白齿宜有人。

虹影星光或可证，

生命青春流转永不停。

曹植仿佛若有遇，

千载因之赋洛神。

梦里红楼情倍深，

一件十分离奇的景物，曾在另一时与某共同欣赏，比白云洞之海云、上清宫之玉兰离奇而动人得多，似偶然亦非偶然。一直支配到近三十年新工作上的方法和由之而来取得的种种不同进展。

宋玉文。《山海经》咏山鬼。

二故事内容与先前所叙相关。

既不断消失，亦不断生长，各有其不同神性，一个真正唯物者，才会明白承认“动”存在于青春生命中。

林薛犹近血缘亲。

意指二曹。

艺术自有千秋在，
得失荣枯不因人。
秦皇汉武帝业传千古，
熟习花性重园丁。
芍药成把能应市，

屈、宋、三曹、李、杜、元、白，成就均非庙堂文学，因为其所以产生及流传，和权位不相干。其形成为感情理解“人”而又能作适如其分的反映。真的唯物主义者是承认这一点，不会一揽子弄到自己名分上来作保姆的。

处方必用金银藤，
入土不必深一尺，
到时红紫即缤纷。
园中玉兰花争发，
琢玉镂银占早春。

一般性花木。施施肥即可在一年节令上应市，但最省事还是让园丁安排。

日集观众逾十万，
总觉益人增精神。
不因偏院雨露少，

到颐和园看花的，大致不会因之丧失什么，如真有坏影响，早已完事。

只缘入土植根深。

后院一株即根子深入泥土。

顽童劣女好戏弄，

总欲攀折逞私心，
终因万目耿耿在，
终还缩手去悻悻。
珍卉名花植匡庐，
盛名天下久著闻。
遥知繁郁将万种，
不因倏忽付樵薪。

任何一地方任何时代，都会有“顽童”或超龄顽童，只想干这种煞风景行为，稍不留心即可产生严重事故！

此七五年春为永玉侄所作木兰花大卷轴而作，时多变故，忌讳万千，鹰隼擅搏击，射干巧中人。因隐约其辞，亦不能直书于画端，惟留此稿以待解人。

上官碧书于北京

《白玉兰花引》初作于1962年，原篇名《忆崂山》。现存多种稿本，均为1975—1976年间的修改稿，内容不尽相同。从作者为改写稿所题篇名和有关“跋”语看，应以题写在黄永玉绘“木兰花长卷”的为正本，但由于此画已被售出，现据作者注明“不能直书于画端，惟留此稿以待解人”的一份手迹编入，并集各稿中原注，排入对应位置。

《白玉兰花引》跋

跋一

六一年冬，去江西参观时，曾学写了约廿首五七言旧体诗，《井冈山清晨》是其中之一首。友好中多以为“还有感情”。又以为只是过于“政治”，而“缺少文笔固有的幻异抒情特征”。因之，此诗于是产生。

此诗似作于六二年夏天，解放后第三次去青岛时。时血压上升已到二百廿左右，希望从含碘较多海风中吹吹，稍稍减轻心脏和脑中压力。因此每天除沿海散步二三小时，还经常在公园中繁花盛开的“玉兰”、“海棠”、“丁香”、“樱花”诸路走走，或独自坐在花树下路旁长靠椅上，看陌生游人来去。回忆到一九三二前后，曾眼见公园中二老花匠，正于初初开辟的各路，忙忙碌碌，搬移花树幼枝，辛苦，忙个不息。知道我是来大学教书的，特别表示亲热。工作想插插手可不成。只好坐在一旁，听他们叙述这公园历史。因为两人都是老工人，对公园中花木，可真熟习到了家。德国人如何在山包上，费五年时间建立那个“总督府”，准备长远占据青岛，改成“海外省”，用那座大房子接待德国太子的“巡幸”，每个房间都依据某某世纪布置，一切用具各不相同。两人因调去栽花，就亲眼见过。随后是日本人来接了手，一切全抢光了后，又来布置他们的“神社”。随后归还了中国，只是一种名分，留下大几万侨民，商业经营，把持了出口买卖，连“咸萝卜”和“酱油”市场也还占领。退回的不过市政府一所空房子！过了三十年，我重来时，当时新辟的几条花路，花木多已长大成林，上枝曳荫，不见天日。有的枝干已径尺大。另外一处，有几株法国梧桐，且成了园中巨树，高耸入云，真可“荫蔽百牛”。因之怀想，崂山诸庙宇花木，“上清宫”之数百年前的古玉兰和山茶，早即在《聊斋志异》中叙述过的，印象中花枝盛开时，如争春光有以自见，簇聚成一团团，繁盛景象，使人如在梦寐中。花瓣落地到一寸厚。此外，在更深入山中一些名胜处，如“大崂观”、“棋盘石”、“崂顶”等等地方，长日云雾漠漠中，忽然红日直照，总是金光明灭，动人心魄。转由“白云洞”下海前，远望千尺悬崖下，海平如镜，忽然一小簇白云，从远处贴水面如有所趋赴而来。随即加大加阔，发展成一片，将海面笼罩。而来势之迅速，俨如千军万马奔腾而前，却无声无息，异常沉静，即原来海浪啮岸细碎声音，也为云雾掩蚀。景物之幻异、壮美，都不是一般言语文字所能形容。唯有大乐章方能用百十种不同乐器，共同形成的旋律节奏中，描绘出部分特点。并联想及山中当时人事种种近于巧遇的印象，在公园中写成此诗。旧稿犹存，因略加调整书之。

跋二

此诗原作于六二年五六月，时在青岛休息，于公园中“玉兰花路”将近合抱花树下小坐。因忆及卅年前，初次到此不久，即与杨、闻诸先生游崂山，在山中勾留约七天。于上清宫偏院古玉兰花下，面对崂山主峰之棋盘石，及苏东坡看海市蜃楼之“白云洞”悬岩间“三步紧”濒海高处，均仿佛若有所遇，神光离合，不类人间，仍复属于人间。因无巧不成书，十年后，又复在天涯若有所遇。至六三年左右，则当时所有同行诸先生，及与一山魈式女同事配对成双之“假洋人”等等，均已成古人，各以不同因缘而故去。同观玉兰，同在“棋盘石”看崂山主峰金碧明灭之奇景，同在白云洞“三步紧”悬崖绝壁上看海中落日下沉，与白云于海面驰逐之“玉兰临风”式某某，于天涯另一角分手后，抗战胜利前后，即偶然为一高资[1]所爱，前后十年，很过了一阵大好日子。生有二女，复如琼枝玉树，同学舞蹈于申江。父母则均于五某年故去，母且系病癌而不治。星光虹影，虽相去遥遥，海市蜃楼，世难重遇。公园路之玉兰，玉立亭亭，又堪合抱。此人间细小变

1　高资，指高级知识分子。

故，哀乐，乘除，岁月淘洗，不仅并未失去固有色香，反而使生命时感润泽。正若爝火微光，始终并未消失。人之有情，亦复可悯！适发现此旧稿于乱稿丛中，因略有增删，作为永玉大画卷题词。文字迷蒙，势难索解，略作题解，转近蛇足，亦无可奈何也。或人将说此时此世，风怀诗有市场？其实屈宋二曹，由古至今又何尝有“市场”？此二字在诗人心中，占有一定位置后，即不会再有任何诗情画意于生命中形成一种力量，一种存在。“市场”是永远不会为“抒情诗”留一位置，而抒情诗也永远〔不会〕为市场而产生的！

跋三

此诗作于一九六二年五月间，系解放后第三次在青岛小住。正值公园中玉兰花路紫白玉兰盛开时，因忆及一九三二到青岛不久即上崂山，在白云洞和上清宫看玉兰，在棋盘石悬岩下又复看到百合在岩下阴处独开种种，及其他事故。到六三年时，得知当时所有熟人均已先后死去，成为古人。我的种种旧稿、旧信、旧笔记，有关如此、如彼生活关系记录，于四十年人事风风雨雨中，亦几几乎早已毁尽，而此诗稿却偶然中保存下来。因略有增删书于永玉新绘卷子后。

跋四

乙卯年盛夏书于北京之新窄而霉小斋乱稿堆中。时年七十进四，写毕时已夜深人静，不觉眼湿。

此小诗初稿，实完成于六二年初夏，是解放后第三次至青岛小住。正值公园中玉兰花路繁花盛开时，因忆及卅年前（一九三二）旧事种种而成。时初到青岛大学任散文习作教事，校中尚未开课。于迎新会后不久，即由杨〔校〕长发起组织游崂山队伍，分别日期长短不久作安排。有当天往返的去“北九水”坐车，去上下清宫则乘船，有三四五六天的，则预先备办吃喝所需，且因人多山中庙小，使各组交错行止，避免一时集中半山庙小容纳不下。我因初来，且欢喜爬山，杨今甫先生任校长，闻一多任文学院〔长〕，又有教务某、系主任某均旧识，因加入延长入山六天一组。另有一女教师组、一女职员组，也多在五六天计划内。所以有机会一再相遇且有两次同住一庙中。第一回去上清宫，即三百年前蒲留仙《聊斋志异》提到的庙里偏院古玉兰大花树边，事出偶然，与一新出国外某天主教大学回国外文女教师某，各在大玉兰花下一侧默默看花约一小时之久。虽在迎新会上由校长照例介绍过一次，我照习惯总充满一种羞怯心情，从不主动向人招呼攀谈。印象中却对此修女式的沉静女人充满好感，且似乎有一种预感，以为可能或有某一熟人的有意安〔排〕到这学校里来，因为无一个熟人（事实上则当时最□近熟人，这事以后才明白的）。第二早天一亮，我们一组即上了山，第三四天到达山中深处“棋盘石”住宿时，早知此地气候极冷，各把厚棉衣披上。趁大家烤火暖身手时，我独自爬到庙前不远那块大及丈许活动不定的石上去，欣赏对面烟云变幻金碧明灭黄昏前崂顶主峰奇景。觉得一道幽香扑鼻，才发现二三丈岩石山[1]正有一簇四朵百合花开放。找山路下去把花采回时，却有两个女人已到棋盘石。内中之一相熟的某女名演员，却把花夺去给了那个修女式的女教师，我却因之在另外一种不易形容中跑了。第三次是在白云洞“三步紧”悬崖上看海云，到这来必从斜斜坡下穿过一道小松林，还得从一二石贴压的洞中翻而过才会到达。不巧又第三次和这修女式教师相遇，同看云海……

于是在岁月交递中，各人在偶然与凑巧中，各自接受由内在性格〔拘〕束和外缘机会给与不同情形下，各自接受了各自的一份得失哀乐，在另一方难于设想情形下活下来。复在另一意料不到时事变动下由“陌生”而转生熟人[2]，又复在罡[3]。

1 岩石山，疑为“岩石下”之误。

2 转生熟人，疑为“转成熟人”之误。

3 手稿缺失以后文字。

作者为长诗《白玉兰花引》写的跋语，各稿内容不同，除随原诗稿编入的一种外，另将其他手稿中的跋集中编入此集。

箴“我”

思想陈腐脑筋旧，

闭门思过改造难。[1]

临池长怀春冰戒，

举足难忘八节滩。

南国风物缠梦寐，

白日惊沙迷眼前。

斗“私”忘“我”除“怕”字，

反复勤读老三篇。

本篇作于1968年。据留存稿编入。

1 作者原注：或“闭门造车合辙难”成语，亦切题。

自检

二月廿七双溪 阴雨在零度下

身是“乾坤一腐儒”，[1]
略闻大道心转虚。
七十白发如丝素，
卌载独战真大愚。[2]
行莫离群错较少，
手难释卷人易痴。
“独木桥”废何足惜！
“阳关道”直行若飞。[3]
“捕虎逐鹿臣老矣”，
“坐策国事”实无知。[4]

---

1 杜甫诗语。

2 编者注：后期抄稿多改作“卅载独战真大愚”。

3 俗语。

4 传鬻熊对文王语。

屈贾文章失光彩，
连旬阴雨眼模糊。
试从实践证真理，
深愧“乾坤一腐儒”！

本篇作于1970年，早期抄稿还曾以《双溪自检》、《二月廿八日双溪零度阴雨》等为题，八十年代抄稿又曾以《抒怀》为题。各稿间文字差别不大，作者生前未发表过。

据早期修改稿编入，未加说明的注释为作者原注。

读贾谊[1]传

贾生多才俊，英气殊纵横。
不明大政理，终还年岁轻。
陈辞多慷慨，文章具锋棱。
急于求自见，惟希早飞腾。
终致诸臣忌，远宦湘江滨[2]。
长年伤淫雨，夏日苦炎蒸。
虽为王子傅，郁郁总不平。
作赋悲鹏鸟，临江吊屈原。
缺少庄生达，后人悲过秦[3]。

九月十八阴雨袭人房中返潮，
行动如在泥泞中，亦□□□[4]。

1　贾谊，西汉谏臣、文学家。贾谊传见《史记 · 屈原贾谊列传》。

2　另一较晚稿中为“宦谪沅湘滨”。

3　其他较晚稿中为“后人传过秦”。

4　原稿破损缺三字，从残存笔划推测，可能是“乐事也”。

此诗1970年作于湖北咸宁双溪住处，为作者下放五七干校时。1972年回京后曾书赠友人，字句稍有变化。据初稿编入。

文字书法发展

社会影响和工艺、艺术相互关系试探

远古记人事，刻木兼结绳，
社会较单纯，文字无由生。
旧传出仓颉，后儒附会言，
积因以成习，不易识本根。
发明多类此，实全自人民。

若附图，沂南汉墓有一四目仓颉，武氏祠石刻也有一个，如一般人。

社会生产增，物品交换频，
诸事易回溯，要求日有增。
半坡出陶器，始见刻划痕，
陶工记数目，发展近自然。
文饰绘犬鱼，即类象形文。
且知发展中，早具艺术心。
“六鱼一小龟”，黑陶出海滨，
举世相惊诧，实为少见闻。

卅一年城子崖得一黑陶片，上刻字“网获六鱼一小龟”，初以为史前物，就字体比较，则战国时物也。

试作一比证，晚于商千年。

殷墟出甲骨，单字十万零，
一般用刻镂，体法已多端，
兼有朱墨书，知笔早发明。
书法见进展，时或在武丁。

▲文字由应用而生，反映生产的进展，和奴制的形成，本身也即有艺术要求，且随时代要求不断加强。

附甲骨上所见朱墨写字。

据近人结论。

殷商有史序，文献多可征。
得知由应用，字体日转繁。
马、牛、兔、龟、鹿，
　　　　稻、粮、米、车、船，
多犹效本形，生动极逼真。
记事既日广，部分且形声，
天、地、日、月、星，
　　　　城、郭、雨、雪、云，
凡此诸名物，会意兼象形。
后来谈六书，实已初形成。

部分记载可和竹书纪年史记叙述相印证。

或附诸字。

▲求象形准确，与会意理解，其中即有艺术，而奠基于唯物。此亦一说而已。

或附诸字。

奴主极迷信，重鬼而轻人。	
每事必龟卜，主持设专官。	试用胡原轩作谈及龟卜种种。
遗物数百片，完整聚一坑。	附　所陈那个大分量甲骨堆模型。
虽经半世纪，研究尚难全，	
事逾三千年，句读易失真，	
荟萃诸实物，始得一、二、三；	▲与诸实物共同反映出奴隶社会制的种种，特别是劳动文化的进展。
殷商有史序，文物可互征。[1]	
农奴营田亩，犹用石犁耕，	
园圃多方罫，得知熟经营。	圃畦等字多作▦形。
游牧富牛羊，六畜日以繁。	
祭事常用狗，苗俗尚用沿。	
嘉麦记收成，节令知闰年。	有关麦收最多。
还多载狩猎，亦兼及战争。	
出行或祭祀，更必遵卜文。	
焚巫或曝觋，转嫁祸与人。	

1　殷商有史序，文物可互征。两句为后加入稿中，与前文有两句相似，原稿未确定保留哪种写法。

告灾祀祖祢，用人作牺牲。
杀殉娱死者，且兼及近亲。
得知古文化，半由血染成。
部落常兼并，国体规模成。
寄食者日众，分门设专官。
出土实物多，史志可比参。
贝类作泉货，事尚待探寻。
锡贝百十朋，等价殊难言。
奴隶苦酷虐，奴主财富增；
豪富与赤贫，墓葬对比明。

金文中虽常有锡贝若干朋用铸器物事，还无证据可说是通用钱币。据郭宝钧先生说，所发〔掘〕百数十商墓，一般只口含一贝。

丝帛极精致，遗物迹分明，
蚕事已成熟，织机技领先。
彤朱发奇彩，龙纹迹若新，
丹漆经利用，嵌镶亦多门。
牙玉来西南，鲸骨出海滨，
异物集中原，得知交往频。
陶器计五种，白陶工艺新。

青釉陶出现，也过三千年。

青白二瓷系，即此已区分。

主要是熔器，青铜因此生。

冶炼铸器物，戈矛制作精。

氏族矛盾多，征伐时有闻。

西羌徐淮夷，对象极分明。

阶级压迫严，残暴刑罚频。

奴主嗜荒宴，酒器更多闻。

珠玉饰狗马，犹在战国前。

华美双马车，装饰更多端。

羁络饰绿贝，金镳龙样新。

腾骧驰广野，鸾铃相和鸣。

铜器著铭刻，笔法艺术增。

剜刻经岁月，整严画意精。

甲骨有朱书，鲜明尚若新。

比传蒙恬笔，远过千余年。

若据半坡陶，时代将更先。

殷商陶五种：白陶、釉陶、黑质陶、日用灰陶、夹砂耐火陶——即所谓“将军盔”炼铜器。应当以这种陶居第一位。

▲因为不比龟甲重记事，还有其他社会意义，字的艺术要求因之增加。

▲笔出现较早。

凡此诸成就，无不是工人（工奴）。

及至西周初，器重盘鼎尊，

纹样趋简质，文字少更新。

国家有大事，必著于刻铭。

卜事用蓍草，甲骨竟无传。

典诰重体制，字形亦整严。

文体与书法，普及无因缘。

社会结构新，财富集累增，

诸侯各制器，字形始转繁，

大篆科斗书，即于此时兴。

旧称出史籀，真伪殊难言。

“散盘”[1]“毛公鼎”，

结构见典型。

至秦石鼓文，可称是尾声。

铭勒著金石，惟此足证明。

▲社会结构也比较简单，比较定型。也影响文字多样化。

▲所以部分还如商代。

▲到这时一面重文字组成的文章，一面重字本身的布置艺术。

1　散盘，指“散氏盘”，西周青铜器。

不在笔法异，却见布置新。

及至春秋世，诸侯实力增，

▲由语音影响文学。生产增才实力增。

霸王兼地主，商业亦经营，

王权日衰弱，封建近完成。

小国失依凭，兼并日有闻。

工奴益集中，艺术要求新，

还兼及文字，体制见证殷。

各地语音异，诗歌反映明。

中原重传统，四言韵文生。

荆楚及吴越，吟谣衬七言。

应用兼装饰，区别到造形。

▲由装饰发展了字的艺术，且充满地方性。

吴越工刻镂，世传“鸟篆文”

▲因为加工方法不同，容许寄以高度艺术要求。

回旋多曲折，鸟头蚯蚓身。

二千五百载，错金尚若新。

▲以少虞、越王诸剑为例。

西汉重刻印，遗法还具存，

唐宋九折文，即由之衍生。

传世赵婕妤印即鸟篆。其他还不少，多西汉物。战国玉印反而少见用鸟篆体。唐宋官印犹用九折文。

晋齐称霸久，文体易区分；
盟书著玉石，钉头鼠尾兴。
西汉楚齐简，章法犹因循。
中山铭铜器，书体尚可征。
齐国传量器，笔如玉筯匀，
楚国错金节，法则亦相因。
实因工具异，文字尚嵌金。
传世及千载，殿军李阳冰。
燕赵所作书，体制尚多般。
兼并战剧烈，死亡及万千，
俘虏屠灭后，戈剑积丘山。
据兵器铭刻，已由简代繁。
刻划多草草，首重任务完。
简笔字流行，应用实相关。

▲多刀刃刻成。有的极简，可见已流行。但时间也多在战国时，器物则早些。

迁延到末世，大国尊楚、秦。
楚人富幻想，民俗信鬼神。
娱神弄竽瑟，歌舞扬哀音。

▲从物质文化说《楚辞》华丽原因，说似较新，大致还是历史事实。

长袖舞婉转，巧笑宜倾城。
丹漆绘五彩，龙蛇若飞腾。
新出竹木简，笔法多锋棱，
笔毫长而细，表现活泼增。　长沙出土有实物。
荆楚发铜器，刻划字若新，
飘撇如柳叶，铸客出寿春。　寿春铜器上多作铸客字样。
帛书著朱墨，上复兼诸神。
信阳出漆器，彩绘六法臻，
出土文物多，郢都接江陵。
清磬饰云凤，举翅欲飞腾，
屏风雕陆离，工艺巧若神。
国都焚荡后，禾黍油油生。
哀郢怀故都，难禁泪纵横。
始知屈原文，华美非天成，
社会背景异，反映特新鲜。

秦俗尚朴质，文字重均衡。
平直少姿媚，反映法严森。

政权统一后，天下书同文，
若据杂铭刻，得知非创新，
只是加概括，而总其大成。
相传出李斯，至今为世称。

▲这提法也新而重要。是出于六国书的概括，和史不悖。

附秦量器铭一二。

汉初文字里，还不失本形，
题识犹具在，铜镜与炉灯。
山东新出简，数已及三千，
云梦出遗策，墨书迹若新，
平头齐首尾，更易证始原。
及至西汉中，始日趋两端。

引数铭文证之。

引例。

土地既富饶，社会生产增，
货殖具百物，贸迁交换频。
为便于应用，简字易流行，
商业及吏事，要求更切殷。
即作艺术看，也勇于探寻。
尚方官工镜，例证在眼前。

▲简字则因如下种种而得到发展。

▲和传出自程邈，及“隶”字本意而言。如上说也相合。

事过犹不及，因简反失真。

刘彻好铺张，乐府重新声，

文人作辞赋，字体又转繁。

彼此相制约，变化必然生。

章草和分隶，秋色同平分。

章草多古意，笔法缭绕新。

飘撇取纵逸，姿态活泼增，

乍看近潦草，结构实谨严。

略与古泉比，并证陶玺文，

即能启新知，部分得其真。

秦代传“爰历”，或已具初形。

《急就》成西汉，简椟具遗文。

为便童蒙学，如同《三字经》。

▲这一点却少有人道及，但却重要，因由“见日之光”早期镜子到武帝或王莽尚方官工镜，无不大量使用简化艺术字。大致由于简得不合实际，还是不流行。附尚方镜二种，字过简，反而行不通。

▲简繁之因，提法似较新。还系事实。司马相如等辞赋中不少字当时即并不流行，后来也少用。

▲所以从实用出发，成分隶与章草。

有的章草简化实近于从钱币玺印而来。附三五证例，或对比。

西北出汉简，不少用章草，附三五图例。

▲可见已比较成熟，史游才据之作《急就篇》。

近年多新证，出土有觚棱。

遗物传关外，影响广且深。

塞外官文书，章草即 × ×[1]

转折严法度，真伪易判明。

至于诸隶书，已属正统尊，

相传始程邈，事恐不可凭。

历来传秦狱吏程邈作。

仍必由应用，逐渐始完成。

定作官文书，人民不欢迎。

刘彻黜百家，博士重六经。

王莽喜做作，明法杂书禁。

▲有六国杂体书，也有秦以来杂书。

刘向理旧籍，字体尚多端，

“重书于竹素”，隶体势无疑。

诸书序跋中常说校订后重书于竹素。间用绸帛，当系附有画图。

及至东汉初，社会面貌新。

“挟书律”解禁，竹素利用繁。

洛阳有书市，明著于史文，

1 章草，即 × ×，原稿如此。

汗牛还充栋，满架复满楹，
王充入洛阳，骤然眼界明，
辟谬而理惑，新书传《论衡》。
识字人益多，要求亦日新，
因此班超辈，能佣书谋生。
俗儒抄经史，草率讹乱增，
字形益驳杂，章草简驭繁。
东汉中叶后，隶法多翻新，
或因摩崖书，取势失均衡；
或因著风格，书丹见性情；
或因工具异，笔法更多端。
遗墨千百种，各有千秋存。
“华山”与“张迁”，规模较整严，
蔡邕书石经，体法多遵循。
立石鸿都门，用教太学生。
法度虽严明，拘谨转困人。
至以分隶言，实已成尾声。
千七百年后，残石零星存。

▲这点极重要，不然王充廿八岁入洛，不可能有机会看到这些杂书来写《论衡》的。

王充廿八岁入洛阳，极穷，从书市看书，广读诸子阴阳杂书，《论衡》中的论点即由之产生。

▲石刻多东汉，部分和蔡邕所说谀墓文有关。反映封建上层要求，所以以下谈字即重在书法艺术，有关社会发展，到宋刻书再说。

▲这也只就下有所启而言，因张迁且间接影响到北朝用笔。还是通过蔡邕石经。

钟繇传《宣示》，尚余分隶音，

至如张芝草，时代有后先。 小字有隶法，大字或唐张旭笔。

延及建安时，隶体益失形。

文姬叙丧乱，笔意近隋陈。

曹植《鹞雀赋》，伪托出唐人。 字亦近陈隋时秀媚而俗。

世乱方日亟，兵戈纷纵横。

中原争逐鹿，草檄草体新。

及至西晋初，碑石犹二三，

复刻三体经，有利读书人。

至于谈书法，已少见引称。

部分旧写经，兼及竹简文，

荟萃诸遗迹，略可见一斑。

汉末有许慎，《说文》用功勤，

小篆近统一，宜为后世称。

时势既有异，历史任务完。

至晋刻印章，篆体仍失传。

意即时势所趋，《说文》贡献虽大，但对于在发展中的书法，影响却不多。

▲《说文》历来只当成谈书工具，极少当艺术看待。

流行诸章草，部分或近真。

陆机《平复帖》，古意犹盎然，

笔枯失从容，真伪肯定难。

传世《平复帖》真迹，用笔如科斗书，作章草，失本意。字中兼有不合用笔规则处，恐后人伪托。

附《平复帖》。

敦煌有索靖，笔法具锋棱。

结体如雕塑，形简而意深。

证以北凉经，一脉尚可寻。

▲昙无忏译经。

《月仪》休微长，秀发冠群英。

引游相本《阁帖》数行。

后启北派法，凝重实可观。

至于二王书，内容待区分；

部分作章草，犹有古意存。

如《豹奴帖》及献之书□□事，均好。

出处极可疑，

《快雪》与《兰亭》。

《中秋》和《奉橘》，

更似伪作真。

▲《兰亭》恐为南朝末或隋唐人。至于《快雪时晴》，则与《韭花帖》近似后人伪作，说唐人双钩亦不可信。三希堂中惟王珣一帖或早些，亦近似王方庆万岁通天时家传上奏本，似硬黄纸！

楷书已成熟，时代有后先。

王廙萧子云，隶意犹相参。

至传卫夫人，或近隋唐间。

《曹娥》多隶法，《遗教》疑后贤。

《黄庭》实道经，宜从社会分，

杨羲、陶弘景，约略有渊源，　见陶著《真诰》。

成于齐梁间，比较非空谈。

孤立难明析，联系易探研。

陈隋铭诸镜，体制尚相沿。

秀美簪花格，相接如比肩。

后人谈楷法，影响实较深，

隋唐小墓志，笔法多继承。

怀仁集《圣教》，　▲二件流行极广，影响极大，均近伪托。故于《圣教序》有如下廿字贬辞。

可疑同《兰亭》，

一箭射双雕，谄佛而媚君，　意既能投太宗所好，又叙的是佛教书。

若与智永比，此僧心计深。　智永只传《千字文》。

时至南北朝，真楷已流行。　从大同新出司马金龙墓中屏风书可知。引例一部分。

真书具规模，《曹娥》与《黄庭》。　▲起笔落笔与写经多相合。

若并诸碑志，兼及各写经，　▲《十三行》亦不可信。

可得一印象，正如政治情；

佞佛与谀墓，各有所依存。

南如萧梁石，北如诸写经，

▲及龙门石刻。

或美秀而文，或拙重天成，

当作艺术看，各自具精神，

破体随时见，假借亦相因，

主要在实用，南北归一源。

▲至唐说唱文，到宋通俗白话小说，则更多简体矣。其实从甲骨文起即已有简体！

二王独称尊，实出唐人言，

帝王有偏爱，因此混伪真。

太宗好二王书，收集至一千多种，装裱于屏风。真伪相混，难于分别。

后世影响大，还数五唐人：

欧、虞、褚、颜、柳，

真书传千年；

挺秀称独出，大小欧相因。

温雅失秀媚，笔传虞永兴。

河南体疏荡，由于用笔轻。

颜书端严整，见字如见人。

柳文清而峭，书体适相称。

隶法存古意，泰山石刻经，

壮丽特雄杰，足附名山传。
隋僧有静琬，卅年写石经，
上承朗公草，体宽博而文，
封闭石洞中，至今还如新。

举例用北齐石刻。

▲但一见即知系北齐到隋一阶段北方隶书。

篆体不失传，唐数李阳冰。
已无补世用，只供题墓铭。

盛唐犹流行，楷体重经生，
传世逾万卷，规模尚可寻。
国诠《善见律》，就中数特精。

▲一般译经大致多在卷末，因写经分散，故少见署名姓官职僧阶等等。

故宫藏。贞观时书。

欧、颜称独出，发展别有因。
宋代重刻书，公私各相竞，
纸张产量大，制墨法又新，
刻工尚整齐，欧、颜受欢迎，
直传至近代，体法犹遵循，
铅字各体书，还具宋渊源。

▲这一点也从实用得发展，前人谈书艺少提及，只知宋版可贵，可极少〔谈〕为什么法欧、颜。如说因人而重，即唯心主义！

至于行草字，异代各有称；
唐代重张旭，遗墨无多存。

唐僧有怀素，学习用功勤，
佳帖传《苦笋》，《自叙》近宣传。
笔意失卑弱，空称笔如坟。
《四十二章经》，字体近盛明。
惟书《千字文》，千载尚流行。

▲《苦笋》亦颜底子，也不甚好。

▲又有小字一行似题大历某年，在三希堂某迹后。亦近明人伪作。

字体结构近文氏子弟书。

大小二种，大字近颜而小字近欧。

过庭作《书谱》，临池心得深，
使转严法度，顿挫得意新。
屈指述师传，常谈近老生。
只因文章好，影响亦千年。

鉴湖贺知章，墨迹留《孝经》，
可惜知者少，谈书罕著闻。

在日本有影印本子作一卷。

唐末杨凝式，实徒有虚名。

《韭花》笔妩媚，草书俗可憎。

所见草书题跋数种，均不佳，神仙起居法式，也十分做作，见小家子气。

宋人作草字，山谷称独能。

故作苍老态，转失自然情。

行书著苏、米，传世各有因。

米书多做作，苏平易近人。

诸书得启示，赵佶传“瘦金”。

▲略有伧态[1]，多做作。祝书《箜篌引》似有所影响。放而不收，上有怀素，下有张弼。

明代多高手，壮妙各有称，

沈度与陈璧，明初负盛名。

解缙张东海，邢侗徐青藤，

各师怀素草，疏荡各竞新。

苏州二名士，唐寅祝允明。

雅宜特秀发，文氏用功勤。

▲邢侗临放《十七帖》作单条好，来禽馆自刻小字不高。

祝书惟《箜篌引》、《白马篇》好，笔健拔。《十九首》、《赤壁赋》均侧笔取势，不佳。

1 伧态，与所对应诗句中“苍老态”用字不同。原稿如此，未改。

章草字难学，不绝一线传。

隋摹《出师颂》，活泼兼谨严。　　前人跋称隋，实唐人书。

唐人书《月仪》，凝重极可观。　　作十二月应酬书启，文俗而字不恶。唐代为仅见。

不具书者名，宜在盛唐间。

宋代重《阁帖》，重刻一再翻。

两晋诸名迹，因之而广传。

书札多章草，真伪待比勘。

通人黄伯思，疑书或多赝；

来自“官法帖”，“统出隋唐间”。　　总括大意。

西北竹木简，体制足可参。　　意即有早有晚，还待进一步研究。

似宜一分二，

始能得本源。

▲近来竹林七贤题字、铅券刻字、砖刻、高昌砖均可从比较中得新启发，诸帖有不少系近迹。即官本亦比真《兰亭》、《圣教序》可靠。

元人习较多，

明宋克专精，

妩媚常有余，朴茂意难传。

笔具河朔气，铁崖与子山。

方外方方壶，题画笔翩翩。

▲由松雪到宋克作章草，似多追簪花体，受《阁帖》传羊欣等影响大，却不重视索靖或王书《豹奴》。宋克起笔且有意作态，求雅反俗矣。亦学而不化所致。

多临《急就章》，或写《千字文》，

同属启蒙书，习之常有人。

赵松雪、俞复，均有此弊。杨铁崖和康里巎巎，用笔结体虽不如赵，但下笔廉利，有奇气，拙中见巧。方壶道人题画诗墨重而活，能不为法所拘。

石斋学《宣示》，

体秀而笔沉，

章草亦间作，于明宜殿军。

▲黄石斋墨重，且系宣示黄庭格，长幅效果甚佳。傅青主墨惨淡，和处境或有关。曾见章草药名一册，纸、墨、字均不佳。

简笔字体兴，

部分尚依凭，

理解限点画，融会待深研。

琐琐近常识，“教授”已少闻。

▲故宫书画集有陈东、沈度、沈粲等条幅，如出一手，字佳，比祝、唐、沈、文诸名手扎实，祝书惟《箜篌引》好，《赤壁赋》《十九首》均不甚好。

作书赖纸墨，才更见精神。

蔡伦典黄门，接触工艺新，

尚方有造作，废物亦多端。

▲沈氏兄弟本以楷书名一代。四千册《大藏经》多用其体。体较长，比赵好。似在欧虞间，章草似较少见，比宋克劲挺泼辣，宋则以量见胜而已，但亦有过人处。意指魏以来，至宋元明，书法发展和个人特征，教书法的亦少作具体分析。

众工同研讨，纸张因此生。
时称“蔡侯纸”，于世贡献深。

提法似较新，但事实必如此也。

汉纸虽出土，尺幅尚难明。
工艺重传统，前后可寻源。
玉册与竹简，传世易比参。

意即有战国玉册和竹简及汉简可比证。

东晋有茧纸，五色为时珍，
杜预作史书，领茧纸万番。
史称二王书，即多由之成。

传世二王真迹，则多近硬黄，得知出场唐伪托或官本摹旧。

实物易比证，
敦煌存写经，

▲敦煌北凉薄茧纸写经，约八九寸高，二尺多宽，与贞观国诠写经近。

纸粘结到一丈七尺，卷成只如拇指大，只白色一种。

墨黑如淳漆，纸白薄而匀，
名僧昙无忏，译经迹若新。
墨称“奉一丸”，实物征信难。

依稀记得有《大金光明经》及《杂比喻经》若干卷。

望都画中物，形象犹可参。

望都一号墓壁画有一形象，在官吏坐榻前，旁并有一封泥筒子。

砚形如满月，三足相支撑，

▲有一掾吏坐前搁一砚作墨如枣核，为唯一比较形象。

上即着丸墨，物证为新添。

▲《北齐校书图》一砚多足，有人簪笔管大而毫短，无墨。

兼有实物出，上盖九龙蟠。

二号墓出一石砚，上盖凸起如博山炉式。透雕盘龙。

负重承三熊，殷朱色灿然。

▲大寸六寸内有朱红，一般汉代物多用熊作承足，战国用侏儒。

古砚出土多，互证知识新。

汉代多陶石，青瓷晋通行。

▲江浙出土多，有盖，中部微凸起。北方近年亦出种种不同特制砚，如司马金龙墓中之獬豸形青铜嵌青绿石铜盒砚。

特制品宗多，方页实多端。

唐砚如风字，实即撮箕形。

▲一般通用。

佳石传“龙尾”，紫端始著闻。

▲石类日多。

绿石产洮河，宋人为奇珍。

《西清砚谱》有宋洮河绿石大砚，恐不大可靠，因旁刻洗象图，是丁云鹏笔意。

从此纸墨砚，工艺日专精，

唐宋多名工，文史久传名。

唐纸尚“硬黄”，研光宜写经。

官诰用“白麻”，

纸质厚韧闻。

近人谈宋拓碑帖，喜说用白麻纸，实猜谜子呓语，并不知此实质。

“鱼子笺”难得，

“云蓝”特著名。

五色小幅薄高丽笺，有云蓝纸，系水中着墨拖染而成。薄而韧，书后能用冷水洗，熨平即如新。用开水即粥化，不可挽救。鱼子也见过一种，方尺幅如云蓝大，米黄色，疑后仿，不收。

十色“薛涛笺”，名著锦官城。

亦有称五色的。后世惟传红色八行笺。作桃花红。

费著谱蜀笺[1]，彩蜡兼金银。

米黄印写生蜡花，方尺幅极精，宋克书用之。

1 费著谱蜀笺，元费著，撰有《蜀笺谱》一书。

千载传苏杭，得知影响深。

和摺子扇情形相同，原在四川近独占市场，苏杭继起，直到如今。

五代“澄心堂”，

匀白如玉莹，

传李公麟一生多用此纸，传世《维摩演教图》，及新出塔中经，近之。

清初犹仿作，“冰梅”出意新。

加用长方朱押，“玉梅花笺”银白底子较多亦有粉蓝，绘极精。

宋人重“碧笺”，高丽制特精，

沿袭茧纸法，元明尚多般。

细如女儿肤，官纸忆江南。

故宫藏蔡襄、朱熹、陆游，及元之赵松雪，均用同式碧笺作书，正可互证，若纸实明制，则诸名迹必有伪托，若字是真，则纸的年代可能提早到九世纪！

诗筒五色笺，中有拟云蓝。

宋人写经纸，品色亦多般，

各著朱墨印，柔腻色沉檀。

▲一般以为明高丽时代或较早。因五色具备，而宋明旧画引首常用之。如明制或不如此见重也。试与墨迹比较即可得知相对时代，若系明则诸书时代将成问题。

清仿“法喜”藏，细纹作虎斑。

廿页作一小卷，极细薄，浅檀色，加虎斑。

明代尚“白鹿”，书画俱相称，

书画记录常提到，或质近玉版而不研光。

蜡笺重宣德，

五色饰金银，

有大小开片，有两金，作底面，正面绘云龙狮子、杂花鸟、宏福齐天等等。

清初犹拟作，

厚薄易区分。

康熙薄而易碎。乾隆时制五色一束，极精。画折枝多用蒋南沙法，不如明朴厚。

或作迎春燕，

展翅见轻盈。

银红色飞燕迎春，明笔潇洒，乾隆制华丽。前者用杏花点缀，后者用五彩流云。

或作三秋图，瓜果尚时新，

狮子舞五方，百蝶攒花频。

杏子红，用水墨加金银，画笔极精，或康熙时作。

上为明代而下为清初。

壮丽独杰出，龙凤齐穿云。

用鬼脸青深地子金银绘凤穿云极壮丽，纸特厚，明宣德时。

墨著李廷珪[1]，

价重兼黄金。

▲五代时制墨名家奚庭珪，南唐赐姓李，因之后人多只知李庭珪，不知即奚庭珪。

明代佳品多，

图谱传方、程，

▲明方于鲁刻有《方氏墨谱》，程君房刻有《程氏墨苑》，用黄杨木刻范，拓印极精。

---

1 1971年冬修改稿中关于墨的诗句，因作者增贴附注纸而被覆盖。从“墨著李庭珪”起，到终篇的20句，依据1972年回京后的一份手稿补入。

歙中集名工，范刻艺术精。

▲如《元曲选》图，刻工多具姓名于一角。

画师亦高手，丁氏独称能。

▲多丁云鹏稿。

御制墨五色，

牛舌重半斤。

▲四七年由云南返京时，市面尚多此种五色墨。一面多刻双龙争宝，另一面有“宣德年制”四字。

妙品罗小华，

黑如点漆淳。

▲多小件，重不及一两，极精细，造形亦别具一格。袁家所藏数十品，曾索价至美金二万，后来无售主，贬价至低，部分散失，部分归故宫收购，清华张子高教授亦得十余品。

利器如兵器，

运用还在人。

因之六朝文，

空传“绿沉”名，

▲史传称王羲之得绿沉笔，本意即绿髹笔杆。此或指染成绿色的虬角类，因此后扇柄始终用之，至清代不废。色翠绿而重，来自南海，明代人尚有作笔管用的，在当时或比象牙为难得也。

琉璃作砚匣，翡翠笔床新。 ▲《玉台新咏》序。

至于比书法，还输敦煌僧。 ▲传世阁帖中诸名笔，远不如敦煌发现北凉昙无忏所译，及不知名和尚写的《四阿含经》与贞观时僧人国诠所书《善见律》精妙。

一九七〇十月十四日　双溪丘陵高处

乡居独处，因常用八分钱毛笔，就一破碟蘸墨汁作书。适为一邻居小医生偶尔见到，以为所用“文房四宝”如此马虎，那宜写字？事实上在他人不易设想情形下，采用这个办法，作为他日过考“说明员”准备，试写文化史诗已到十多首。因此启发，复试就“文房四宝”各自历史和文字发展历史，及彼此相互关系，概括成五言诗一首。结尾十字，则近于自我解嘲。因写字半世纪，总还不脱离“司书生”体，拿笔也不合规矩，重在应用上便利，从不妄想作“书法家”也。有关字体及纸墨笔砚种种，平时并无研究，只是就接触到的实物知识，和通史陈列所得常识而言。正因为一切从“常识”出发，和专家的专门知识，必不尽相同。对个人实极其有意义。因忆及亡友觉明先生[1]曾说及：“如能于历史博物馆作一说明员，对文物各部门历史及彼此关系具有一定理解，实不容易。”因此这种概括性试探，当作一个“说明员”能否及格卷子看待，对个人学习而言，总还有一定意义也。特别是在目前环境，无一本书可得情形下，凡事全凭回忆，不许临时翻书，欲作“齐人”，亦无可逃，仍能凑合完篇，值得纪念。

本篇写于作者下放五七干校时，草稿完成于1970年10月14日。后因病住湖北咸宁县医院40天，12月28日(68岁寿辰）回到双溪住处后，对诗稿作了些增改补充，12月稿共514句，篇名为《文字发展——社会影响和艺术关系》。1971年2月，将12月抄稿寄赠马国权等听取意见。当年又有过增改。1971年冬的修改稿，篇名改为《文字书法发展——社会影响和工艺、艺术相互关系试探》，近八百句。作者1972年从干校回京后，对诗稿又有过

1 觉明先生，指史学家向达先生，故于1966年“文革”中。

局部修改。现存各稿的原注和附记文字也各有不同。

诗稿均未发表过。现据 1971 年冬修改稿编入，并参照 1970 年 12 月稿进行分节。其他稿中与入编稿不同的原注，亦编入相应诗句后并加▲标识。部分原注内容和诗句似无直接联系，编入时仍保持原稿中位置不变。

《文字书法发展》跋

跋一[1]

一九七〇 十二月于双溪丘陵高处

在零下数度中，用小学生习字笔，就小瓶口蘸墨水作成。房中时已微冰。生当明时盛世，不知老之已至，诚幸运也。

跋二[2]

……时秋霖既过，屋漏已止，地面三个月中被雨

---

1 题于1970年12月修改稿后，此修改稿于1971年2月寄赠马国权。

2 题于作者1972年回京后，此跋的前部内容，因与入编诗稿所附跋语相近，故删节约500字。

水所浸透，遍地各处均满生白毛，得柳干同志为设法用红砖七十六块铺垫成十字格，始能于小房中行动自如，不至于担心滑倒。手边无一新书可读，除从窗口外望，早晚必可见一特大黄牯牛，如一清代督府派头，十分庄严的陆续上山，傍晚时，经常还可见十余小女孩，各挑松毛一担，小竹扁担软软的，二小辫在迅速行动中不住摆动，赶回山脚家中，觉得也十分庄严动人。所谈种种，多近“假里手”之工作，对行家言来，恐无一是处，亦当然结论！

跋三[1]

一九七〇十月十四完成计十六纸，二千余字。时独住咸宁双溪丘陵高处一空教室中，秋霖既过，屋漏已止，地面满生白毛。用砖七十五块铺垫成十字，始

1　题于 1973 年夏。

能行动。手边无一书可参证，因试从记忆中作一概括说明，用五字句容易编排，不足言诗也。“小考”过后，不免有心力交瘁感。十九[1]去县中住医院四十天，度过高血压心脏病兼肾结石难关，不死亦近幸运。十二月廿八日返回双溪，略有增改补充，旧十二月末附记。“文房四宝”亦各有其发展史，且相互间有密切联系，用实物试为引申二三，或不以琐屑点滴见嗤专家通人也。

七三年夏在京重新略有增添。由于并不懂书法，且习惯用一毛钱学生习字笔作书，叙源流多近于胡说，草稿写得也不免近于涂鸦，真所谓“假里手”之作也。

> 作者为《文字书法发展》写的跋各稿内容不同，除随原稿已经编入的一种外，另将其他手稿中的跋，集中编入此集。

1 十九，作者是十一月十九日住进咸宁县医院的。

题《寄庑图》后

京华寄身久，醇朴犹老农，[1]
作书拙愈秀，行文晚益工。[2]
临水赋鱼乐，登高送塞鸿，
心目两明健，为近广寒宫。

上，题个石先生的《寄庑图》。

个石先生是旧南社诗人，书学黑女志，诗文习唐宋，均能去华存实。特别可敬爱处还是他的为人，

1 师系南社旧诗人，一九五四年入中央文史馆，即独住北海静心斋内一偏院中。小室仅丈许，室外小塘，夏季常有白莲三五散馥。远望对湖，白塔高耸于透蓝天空，即元之广寒殿旧址。明初因其奢侈过度，命工部郎中某来京拆毁。有《故宫遗录》传世，叙及北海长廊一带建筑花木极详悉。十多年前，北京文物队发掘元代居住遗址，曾发现一螺甸漆盘，题名为“广寒宫图”，犹可仿佛得此二三也。个石师一住三十年，年及九十，犹眼目明朗，健步如飞。古人言“食道而肥”，应非虚语。

2 年九十犹能蝇头小楷抄自作诗稿。

素朴质实，敦厚有容，接近时使人充满泥土亲切感。五十年前任教湘西家乡小学时，我正作高小学生，好事喜弄，终日和街坊邻里顽童打闹逃学，上山捉鸟，入水摸鱼，只觉得天下事再没有比这个生活方式更有意思！几几乎凡是顽童行为无不有分。即平时上课，也并不安心，必想出种种办法胡闹，方称快意。尝为全校教师起绰号,“绵羊”“耗子”“土地公公”“官媒婆”无所不具，各有攸归，都十分形象化。教师知道，也无可奈何。当时所得奖励，常为二十大板，虽不大符合“按劳取酬”原则，但凡事既成习惯，还是接受下来，不大在意。只觉得有些奇怪，老师一下课即搓麻将，视学员到时也常参加，却不算犯规！惟对个石先生，早多传闻，有些害怕，有些好奇。到后又觉得为人异常和蔼可亲，别具一种吸引力量，因之印象甚深，上课时堂上格外安静，从不捣乱，在当时实稀有少见。原来先生年轻时，还是一个比我们更典型的顽童，一个标准小赌徒。经常在腰间别片尺来长南竹块，裹腿间插把黄鳝尾小尖刀，终日在附近城乡里市集和庙会戏场热闹处游荡，寻衅打架，聚赌哄人。照发展趋势看，再进一步，必然是入帮会做小老天，在龙头管事身边充打手，和陌生同道对识时，三江四海五湖歌诀背诵如流，丢拐子溜刷利落，事事在行，从不失格。……如彼如此下去，终于是先使几个仇家对手人头落地，随后是在种种机会里自己被人放翻，临末高呼“二十年又是一条好汉”，给同乡留下个最后印象，完事大吉。这种种都像是必然的规律，为三厅年青子弟所习惯走的一条道路。我那一辈小同学，就还有来得及依样葫芦图。但先生这回却事出例外，正当十六七岁紧要关头，忽然改邪归正，把所有旧家当一齐摔去，投拜本地诗人田星六门下，读古文学诗了。应了家乡成语说的“浪子回头金不换”，为老婆婆辈所称道，也即是为乡评所赞美。事情留在我们一群未成年小顽童心中，既浪漫也相当现实，因之对于先生产生一种不易形容的好感。好些人后来由“拼命逃学”转而为“一心向学”，形成种种不同发展，有的且在大革命逆转时，任小学教员牺牲，虽有种种内外因子相互凑和，但是在成年前先生做人印象影响，仍占有一定分量。半世纪来，惟于抗战时回乡偶然在沅陵一面，谈及北京地方城大、人多、文化面广，此后即少通音讯，只从家乡熟人中得知先生作了几届县长，此外即无闻。解放后，机缘凑巧，同寓北京，先生任职中央文史馆，居住北海静心斋内，始得常相过从。先生虽久绾县事，却无丝毫官气，还是一切依旧，言行敦实如老农，心境则旷达明朗，除读书养志，日常惟循湖作诗。积德聚学，益臻纯粹。每一接谈，总能给人一种亲切感印，深一层体会到古代学人所谓“反朴存真”意思。三十年来时移世易，家乡亲故无论老成少壮，秋风黄叶，雕落垂尽。惟先生年近古稀，体力思想均尚健全，仁者必寿，百岁可期。嘱题寄庑图册，因敬书四十字于卷末。不敢说深知先生大处，若当作画相速写观，亲故中如季韬、云六、祖春[1]，或易首肯，以为能得六七分传神。

---

1 编者注：季韬，即戴季韬，沈从文之表兄。云六，亦名沈云麓，沈从文之胞兄。祖春，即刘祖春，作家，沈从文之同乡，1966年曾任中宣部副部长。

本篇发表于1962年5月26日《光明日报》，署名沈从文。1982年7月《安徽文学》以《题个石师寄庑图》为篇名，再次发表了作者1973年的抄录本，为该诗加了注，但无跋。

据《光明日报》文本编入，并补入1973年的作者原注。

七二年冬过北海后门感事

依依宫墙柳，默默识废兴，
不语明得失，摇落感秋深。
日月转双丸，倏忽万千巡，
盈亏寻常事，惊飙徒自惊。

本篇曾作为《京门杂咏》二首之一发表于1982年《安徽文学》7月号，后又编入《沈从文文集》第10卷（花城出版社、三联书店香港分店，1984年2月第1版）。

据《安徽文学》本编入。

高知赞

天才世上少，聪明人尽多，
脸白有福相，心灵似八哥。
应变比冯道，望气胜王朔。
语默明节令，动静识微波。
行船知转舵，触藩易拔角。
或装聋卖哑，或随声附和。
昔年献九鼎，今日贩鹦哥。
陀螺长不倒，高明宜可学。
呼之即欲出，巧佞相切磋！
萧艾芃芃生，中原土肥沃；
兰蕙易凋零，倏忽风雨多。
精通新儒术，即易稳住脚。
道统重心传，师兄是孟轲。

本篇作于1975年，另一抄稿曾以《拟咏怀诗有赠》为篇名，作者生前未发表过。

拟咏怀诗

七十岁生日感事

大块载我形，还复劳我生；[1]
身轻类飞蓬，随风长远征。
虚舟触舷急，回飙坠瓦频，[2]
廓落不经意，芥蒂难累心。
日月走双丸，经冬复历春，
浮沉半世纪，生存亦偶然。[3]

金风杀草木，林间落叶新。[4]
学易明时变，处世忌满盈，
祸福相依伏，老氏阅历深。

---

1 《庄子 · 秋水篇》语。

2 《韩非子》语意，一切损害出于无知，均不足介意。

3 离乡外出近五十年。

4 在此闻林彪、叶群坠机身死。

难进而易退，焉用五湖行？
窃名贪天禄，终易致覆倾，
黄犬空叹息，难出上蔡门。[1]
子房践旧约，萧何善用心，
史氏著微言，笔下有深情。

洛阳古名都，双阙入青云，
朱门金兽环，五侯第宅新。
极宴娱心意，为乐忘晨昏。
一朝同仙去，唯传帝子笙。[2]
还多羽林郎，意气干青云，
不必策高足，早据要路津。
谄谀累层台，天才无比伦。
鹰隼擅搏击，射干巧中人。
青蛙能两栖，蝙蝠难定型。
不乏中山狼，玲珑九窍心。

1　李斯事。

2《师旷说》为王子晋。古诗《神仙传》为王子乔。

蚩尤兴妖雾，目迷行路人。
朗朗白日临，天宇廓然清！
蛾子扑灯火，玩火终自焚。
动植各潜骇，惊随冰山崩。
日月长经天，大道默无言。
自然规律在，世界斗争新。
登高望广野，耿耿长庚明。

北宋名园多，民膏积累成，[1]
清渠连广厦，松竹百亩荫，
牡丹“照殿红”，芍药“白缬”新。[2]
但乐西园游，易忘北狄侵。[3]
物换星移后，独乐特著闻。[4]
不因花木好，相许还以人！

---

1 见李格非《洛阳名园记》。

2 见《洛阳花木记》：《牡丹谱》、《芍药谱》。

3 传世有《西园雅集图》。

4 《名园记》叙司马光之独乐园只茅屋三间，观者独多。

夙昔溯大江，廿载入梦增。

白帝耸天云，夔门禹迹新。

“揽辔”同“入蜀”，文传印象深。[1]

李杜佳诗在，旧迹易重寻。

丞相旧祠堂，松柏郁青青。

还思游青城，山中听杜鹃。

如赋“新蜀都”，烟筒密如林。

人间创奇迹，铁路接成昆。

犹将锁三峡，人人尽五丁。

生当盛明世，人多尧舜民，

尺璧非吾宝，寸阴宜所争。

一九七一年　丹江采石区荒山中

1　范成大、陆游著游记，叙川中人情风俗之醇美。

《拟咏怀诗》初稿题为《思入蜀（作乐府题）》，写于1970年9月初作者住双溪时。以后曾对诗稿屡作补充修改并写有多种手稿。现存题为《久病略有好转 思入蜀》手稿，写于1970年9月中下旬；题为《七十岁》、《七十岁生日》等稿，均写于1971年底作者住丹江时，内容多接近于发表稿《拟咏怀诗》。

《拟咏怀诗》曾先后发表于《花城》文艺丛刊1980年5月第5集，1982年7月《安徽文学》以《七十岁生日感事》为题发表的文本，最后22句被删节；花城出版社、三联书店香港分店1984年2月第1版《沈从文文集》第10卷，以《拟咏怀诗——七十岁生日感事》为题收入此诗，内容与《花城》本仅个别字有异。各文本注释均为作者原注。

据《花城》本编入，并据其他发表稿增加副题《七十岁生日感事》，补入《花城》本所没有的作者原注。

《拟咏怀诗——七十岁生日感事》跋

跋一

七一年终，作于湖北丹江住处。远望大坝，如巨无霸巍然独在，转觉个人渺小如一粒谷子。[1]

跋二

摘取部分感想，试用古体诗写出。[2]

据两种未刊诗稿跋编入。

---

1 题于《七十岁生日》诗稿后。

2 1972 年 1 月 30 日题于《在丹江五七干校 闻传达林叶阴谋暴露叛国种种》手稿后。这是以《拟咏怀诗——七十岁生日感事》五段中的第三段为主体改写成的一稿。

喜新晴

朔风摧枯草，岁暮客心生。
老骥伏枥下，千里思绝尘，
本非驰驱具，难期装备新。
只因骨格异，俗谓喜离群。
真堪托生死，杜诗寄意深。 上句用杜诗，下二字相倒。
间作腾骧梦，偶尔一嘶鸣，
万马齐喑久，闻声转相惊！
枫槭啾啾语，时久将乱群。
天时忽晴朗，蓝穹卷白云。
佳节逾重阳，高空气象清，
不怀迟暮叹，还喜长庚明。
亲旧远分离，天涯共此星！
独轮车虽小，不倒永向前！

一九七〇年十月。久病新瘥，于微阳下散步，稍有客心。值七十生日，得二儿虎雏川中来信，知肾病已略有好转。云六、真一二兄故去已经月矣。半世纪中，一切学习，多由无到有，总得二兄全面支持鼓励，始能取得尺寸进展。真一兄对于旧诗鉴赏力特高，凡繁词赘语，及词不达意易致误解处，均能为一一指出得失，免触时忌。死者长已，生者实宜百年长勤，有以自勉也。后用十字作结，用慰存亡诸亲友。从文于湖北双溪丘陵高处。

《喜新晴》初稿写于1970年9月作者住双溪时，除题为《老马》外，又曾题为《见老马有感》、《久病略有好转喜新晴》等。1970年10月（农历）、1971年12月28日，作者又对《喜新晴》作过修改，改写稿未拟标题。

《喜新晴》曾先后发表于香港《海洋文艺》1980年3月7卷第3期、《花城》文艺丛刊1980年5月第5集，1981年1月16日香港《广角镜》第100期又以手迹形式发表，均署名沈从文。

因《海洋文艺》所发表为转抄本，且无跋文，现据《花城》本编入。

双溪大雪

昔有文中子，谎言炫世功。[1]
学识贯天人，星斗罗心胸。
自谓帝王师，宰相兼英雄。
马融绛帐里，列席坐春风。
俗儒弄小慧，虚说犹冥鸿。
佛道诚大伪，还并包兼容。
太宗特豁达，同付一笑中。
殿廷衡三教，戏剧点缀同。
书生不更事，“大儒”许王通。

---

1 文中子，伪书也。隋末人纂缀旧籍而成。其后人为之作传，伪称李世民及唐初诸名臣如房玄龄均拜之为师。太宗明知其虚伪，不加之罪，如佛道一般对待。每年循例在殿廷中有“三教论衡”，听儒释道大鸣大放，不过当成戏剧看待。后人无知，因称之为大儒。其人与某大学中“帝王师”品格相似。

今有乡曲士，身心俱凡庸。
白发如丝素，皤然一衰翁。
时变启深思，经春复历冬。
五色目迷朦，五音耳失聪。
三月犹雨雪，彳亍泥涂中。
时怀履冰戒，还惧猛将冲。
夜眠易警觉，惊弓类孤鸿。
“何不辞辛苦？”“举世皆尚同！”

回旋云梦泽，风钦大王雄。[1]
旌旗蔽云日，燎原烛天穹。
虎豹各潜骇，狐兔迹绝踪。
赫赫呈天威，壮丽难形容。
仿佛闻启示：“习史宜会通。[2]
屈平性褊持，处世失其中；
宋玉人轻薄，徒矜文字工。

1　宋玉《风赋》讽楚王语。

2　意言习史可以知今。

大庠三十载，错大实少功，

误人兼误己，自省必反躬，

为不识时务，难免伤路穷！”[1]

此事难言说，兰艾将毋同，[2]

亦宜若有人，应世巧为容，[3]

乘时忽鹊起，终“举鼎绝踵”。

亦宜若有人，拙诚如老农，[4]

廿载锥处囊，澹然忘穷通。

偶逢机缘巧，附凤即凌空。

亦宜若有人，材质凡鸟同，[5]

善自饰毛羽，展翅成大鹏。

---

1 意言下放吃苦头，主要是不识时务，才随事碰壁。

2 假作申辩，在学校多年，学生好坏不一，实十分自然。兰芷比香花，萧艾比臭草。

3 假设学生中三种人，一为善于顺应潮流，即禄位高升。终于力不从心，如古人称凭蛮力力不胜任，折足而倒。

4 二为另一种较老实的，为人素朴，不以名位得失在意，机会凑巧，即成名人。

5 三为材质本平凡，惟善于装饰外表，终如大鹏展翅升天。但天那么高，能持久不败?

一举高冲天，飞飞入云中，
高高上无极，天路焉可穷？

金风杀草木，时序迫严冬。
孤蓬转自征，去住长随风，[1]
如欲不自弃，何敢惜微躬！
不期万夫雄，还应预“二同”。
登高望广野，雨雪渺蒙蒙。
五月春来时，人天齐同功，
川原铺锦绣，红紫竞芳容。
平田七万亩，遥岑接碧空。
到处红旗红，人在画图中。
身心贴泥土，深愧田中农。[2]

---

1 用孤蓬自比，只能随遇而安，无从自主。

2 住处系在一长岭上，空空学校中，下有水田数万亩，为咸宁高产区。到五月时，川原如绣，红旗下生产队如在画图中。个人生活虽力争三同，终不如老农之身心紧贴泥土也。

鬻熊年九十，仆仆长安道，
搏虎已无力，谋国实年少。[1]
惟楚必有材，西伯乐同道。
时势异今昔，少艾善波俏。[2]
世传中山狼，如今心九窍。
血气既衰竭，拙诚胜乖巧，[3]
虚心能受物，食道易健好，
路逢荣启期，相对还一笑。[4]

远辞京国，移居咸宁，索居寂处，亦复自娱。一年数迁，迄无定处。天寒地冻，雨雪载途，又因不久

1 用鬻子对文王对话，传称鬻熊父王，文王曰，噫老矣。鬻答曰："若使臣捕虎逐麋，臣年已老，若坐策国事，臣年尚少。"因参预伐纣大计，立功封于楚。

2 意言古今不同，现在以年青花哨的为贵。正如中山狼，心有九窍，比过去的中山狼还滑头得多！

3 意言人老了，血气既衰，宜保持拙诚比善于投机的好。明白时代不同，守分安贫，转而容易保持健康。

4 荣启期，古代高士，年九十，安贫乐道，因学绳作腰带，还行歌自得其乐。

即将转移，心脏已不甚得力，亲故远离，相见无由。生活虽特受“优待”，营营宵征，一时间仍不免稍有飘零感。亦只见出个人脆弱处，毫无意义可言也。

一九七〇年，湖北咸宁双溪区。

这首诗发表于1980年11月10日《文汇增刊》第7期，署名沈从文。

注释均为作者原注。

《双溪大雪》跋

跋一[1]

试用三行分段，与习惯四行分段效果小有不同。[2]

远辞京国，移居咸宁，索居寂处，亦复自娱。一年数迁，迄无定处。天寒地冻，雨雪载途。又闻不久即将转移。心脏已不甚得力，亲故远离，相见无由。生活虽受特别照顾，营营宵征，一时间不免有飘零感。亦只见出个人脆弱不经事处，毫无意义可言也。

住处略定，即又可据破椅，临小窗，学易读诗，习经温史，并就廿年本业，如所学坛坛罐罐、花花朵朵、桌子板凳各部门本身矛盾发展史，编排出若干小节目，

1　书于 1971 年秋的修改稿后。

2　指全诗的末段，其他诸稿分别为 14、16、18 句不等。而此修改稿仅 12 句，排为 6 行。

供后来人参考。于人难于设想情形下，从容不迫，完成一个研究员应尽责任也。即此来来去去，耳目接触，人事崭新，实在也是一种极好教育，得益不少。年及七十，若非生当“明时盛世”，那能有此大好难得学习机会！人生百年长勤，取舍殊方，有捕蚊捉虱，略有所得，即以为至高无上乐趣的。有身在田野，而于国家大事，仍长怀杞忧的。“向社会学习”，半世纪风雨变幻，而本身犹朴然独在，且于别人料想不到重重挫折中，居然还能顽固坚持，不废本业，意义实深长也。记得在四十年前作的自传末尾，即提及初到北京出火车站后的情形，开始来阅读一本大书，进一个永远毕不了业的学校。“向社会学习”，自己也料想不到，在目前却成为一句动人口号，有亿万人抱同感而学下去！

跋二[1]

七〇年春，下放咸宁之双溪。独住于长冈高处松林丛里一空空学校课堂中。三月雨雪载途，泥泞中拖拖沓沓，至区里大厨房就食，或取回至住处，用小煤油炉加温，就微明窗口食之。于极端孤寂中，一成习惯，反若从清静中归还自然，生命亦得复苏，亦奇遇也。

作者为《双溪大雪》写的跋，各种手稿不尽相同，除已随诗稿编入的一种外，另将其中差异较大的跋，集中编入此集。未发表的手稿多题为《古意 双溪大雪》。

1 书于1981年夏的修改稿后。

拟咏怀诗之一

昆明天时好，年成三度秋。
山茶红五丈，仙人掌系牛。
春节秋千后，冬麦已待收。
绿芜明照眼，直达天尽头。

廿载作噩梦，驰骋缰难收。
前路迷远景，深怀国事忧。
抚事煎百虑，素丝已盈头，
人间多反复，微生忘耻辱。

天地犹玄黄，王侯争驰逐。
势利使人昏，弯弓无亲疏。
日月如转丸，盈亏相继续。
明时圣人多，同享天厨禄。

婉转相和鸣，笼中画眉足，
同歌黄河清，齐奏卿云曲。
齐人亦孔多，滥竽自悠游。
鸱枭时一鸣，众鸟嗔突兀。

金风杀草木，落叶感深秋，
四季递相运，雪里蕴新绿。
轻尘栖弱草，还惊我生独。

《拟咏怀诗之一》是作者从干校回北京后，据《双溪咏》改写的另一作品，除前8句基本与《双溪咏》一致外，标题和内容已大不相同。估计抄于1979年的一份手稿上曾注明写于1975年。

此诗作者生前未发表过。

图书在版编目(CIP)数据

沈从文诗集 / 沈从文著；张新颖编选.
—桂林：广西师范大学出版社，2019. 7

ISBN 978-7-5598-1773-0

Ⅰ. ①沈… Ⅱ. ①沈… ②张… Ⅲ. ①诗集－中国－现代
Ⅳ. ①I226

中国版本图书馆CIP数据核字(2019)第087968号

广西师范大学出版社出版发行

广西桂林市五里店路 9 号　邮政编码：541004
网址：www.bbtpress.com

出 版 人：张艺兵
责任编辑：罗丹妮
特约编辑：武　霖　田南山
装帧设计：陆智昌
内文制作：陈基胜
全国新华书店经销
发行热线：010-64284815
山东鸿君杰文化发展有限公司印刷

开本：787mm × 1092mm　1/32
印张：10.75　字数：80千字
2019年7月第1版　2019年7月第1次印刷
定价：69.00元